**인플루언서 소녀에게
으스스한 은총을**

#3 인플루언서 소녀에게
으스스한 은총을

김요리

뜨인돌

꼬리표

마음에 들지 않는다.

전신 거울 각도를 조정해 보지만, 여전히 별로다. 왜 이렇게 색이 칙칙하지? 햇빛이 문제일까. 커튼을 쳤다 열어 보지만, 소용없다. 한숨을 쉬며 붙박이장을 다시 열었다. 빽빽하게 차 있어서 새 옷을 찾는 것부터가 난관이었다.

"입을 게 없어…."

엄지손톱을 물어뜯으며 침대 쪽을 봤다. 입었다가 벗은 옷 수십 벌이 뱀의 허물처럼 흐트러져 있었다. 9부 청바지를 입었다가, 면 반바지로 바꿨다가, 블라우스를 벗었다가, 박스 티셔츠를 입었다. 가면으로 얼굴을 바꾸듯 계속 갈아입었다. 그러기를 예닐곱 번 반복하던 중, 머리 위로 번개가 쳤다.

"악! 또 늦었다!"

다급하게 메시지를 보냈다.

> 다현아!! 미안미안!! 가고 있어!!
> 나한테 블랙홀이 있나 봄ㅠㅠ
> 그게 아니면 시간이 나한테만 이렇게 야박하게…

늦은 이유를 구구절절 쓰는데, 그 모든 변명을 무색하게 하는 답장이 돌아왔다.

> 뛰어.

곧장 현관문으로 달리다가 다시 방으로 돌아와 가방을 챙겼다. 신발을 신고 문을 열고 나갔다가 10초 뒤 집으로 돌아왔다. 허둥대다가 학교 갈 때 신는 운동화를 신어 버린 것.

"으, 별이 어디 있지? 언니! 내 신발!"

발을 동동 구르고 있자 부엌에 있던 엄마가 왜 이렇게 호들갑이냐며 현관문 쪽으로 나왔다.

"아까 미팅 있다고 둘 다 나갔잖아."

"엄마, 내 신바알! 언니가 신고 나간 거 아니야?"

"사이즈도 안 맞는데 네 걸 왜 신고 나가. 비켜 봐."

엄마는 신발장을 열고 매의 눈으로 차분하게 살펴본 뒤, 맨 아래 칸에서 내가 찾던 캔버스화를 꺼내 줬다.

"엄마 최고! 나 오늘 늦어!"

잔소리가 이어지기 전에 후다닥 뛰쳐나갔다. 지하철역으로 뛰어가는데 핸드폰 알림음이 울렸다. 다현인가 싶어서 바로 확인해 보니, 제이빈의 SNS 업로드 알림이었다.

제이빈은 내 롤모델이다. 그녀는 팔로워가 100만이 넘는 탑 인플루언서다. 새로 올린 사진 아래 '예쁘다' 'TV에서 보고 싶다' '독보적이다'라는 한글 댓글과 일본어, 중국어, 정체를 알 수 없는 흘림체 언어가 줄줄이 이어졌다. 사람들은 그녀가 바른 립스틱, 애용하는 필터 앱, 일주일마다 바뀌는 핸드폰 케이스, 반쪽만 등장한 가방에 달린 키링 등 사진에 나온 모든 것을 알고 싶어 했다. 팔로워 중 한 명인 나도 마찬가지였다. 제이빈은 해시태그를 달지 않고 글을 짧게 적는 편이었다. 그런데 오늘 올린 게시물에는 해시태그가 있었다. 그렇다는 것은….

대부분 요 코디 고대로 주문해 주시는 분들이 많으시네요 :)
데이트룩에도 새내기룩에도 찰떡!
오픈 이벤트 특가는 일요일까지 진행이래요♥
#유어리즈

브랜드 협찬이 또 들어왔다. '유어리즈'는 요즘 10대와 20대 사이에서 핫한 브랜드였다.

"나도 이 브랜드에서 협찬 받고 싶었는데…."

아랫입술을 씹으면서 내 SNS로 들어갔다. '위시하늬(wish_hani)'. 제이빈과 비교하니 프로필부터 모든 게 다 맘에 들지 않았다. 내 SNS는 해시태그 범벅이었다. 뭐 하나라도 걸려라 하는 심정으로 길게 달아 놓은 해시태그는 기본이 열 줄이었다. 팔로워는 9만이 겨우 넘었다. 초조하게 새로 고침하는 사이 팔로워가 또 빠졌다. 10만 팔로워가 고지인데…. 뭔가 새로운 변화가 필요했다.

* * *

지하철역 개찰구를 통과하자마자 다현에게 달려갔다.
"다현아! 늦어서 미안! 그게…."
"또 옷 고르느라 늦었지?"
"어젯밤에 다 골라 놓고 잤는데, 아침에 보니까 영…. 다신 안 늦을게! 진짜진짜!"
"시간 없으니까 빨리 가자."
"응응! 나 사고 싶은 옷 엄청 많아!"

팔짱을 끼려는데, 다현이 몸을 뒤로 빼며 부루퉁한 표

정을 지었다.

"진짜 옷 사려고?"

"일요일에 지하상가 쇼핑 가자고 했잖아."

"그건 핑계고 만나서 놀자는 거 아니었어?"

"소풍 때 입을 옷 사야지! 우리 그날 인생 사진 찍기로 했잖아!"

"그건 저번 주에 샀잖아?"

조금 전 제이빈이 올린 피드를 못 봤냐며 열을 올렸지만, 다현은 심드렁한 표정이었다. 나는 날씨 앱을 켰다.

"소풍 날 바람 불고 비까지 올지도 모른대. 우리가 저번에 맞춘 옷은 초여름용으로 산 옷이잖아! 그거 입었다간 추워서 벌벌 떨 거야. 인생 사진이고 뭐고 콧물부터 질질 흘릴 거라니까?"

"… 그럼 빨리 골라. 나 수학 보충 생겨서 오래 못 놀아."

다현과 딱 붙어서 지하상가로 돌진했다. 야상 점퍼와 청 반바지, 연청 소재 셔츠와 기본 흰 티셔츠까지 꼼꼼하게 골랐다. 두 팔에 쇼핑백이 바리바리 들렸다. 마지막으로 포인트 아이템을 찾는 일만 남았다. 지하상가를 세 번이나 돌며 뒤진 끝에 플라스틱 소재 보석 반지를 골랐다. 색감도 쨍한 게 예쁘고, 엄지보다 알이 커서 사진 찍을 때 눈에 확 띌 것 같았다. 우정 아이템으로도 딱이었다.

"이거 어때? 넌 피부 톤이 하얘서 핑크가 어울리겠다. 빨리 껴 봐."

다현이 입을 꾹 다문 채 반지를 뿌리쳤다. 얼굴에 빗금이 그어진 것처럼 표정이 어두웠다. 빨리 골라야 한다는 생각에 옷만 보느라 다현의 표정을 살피지 못했다는 것을 뒤늦게 깨달았다.

"맘에 안 들어? … 다른 거 볼까?"

다현은 잠깐 이야기 좀 하자며 반지를 제자리에 놓고 내 손을 잡아 한쪽 구석으로 끌었다.

"하늬야. 난 네가 좋아. 너랑 노는 게 제일 재미있어."

내용과 말투의 온도 차가 너무 커서 어떻게 반응해야 할지 알 수 없었다. '좋아요'는 확실히 아닌 것 같은데 왠지 '싫어요'도 아닌 것 같아서 헷갈렸다. SNS 속 사람들은 호불호가 분명한데, 현실에서 마주하는 사람은 그보다 복잡해서 너무 어려웠다. 예전엔 다현이 눈빛만 봐도 무슨 생각을 하는지 다 알아챘는데.

"근데 요즘 넌 옷 고르고, 사진 찍고, SNS 업로드하는 걸 더 좋아하는 것 같아. 솔직히 중학교 올라와서 주말에 만나면 옷 쇼핑 말고 뭐 했냐? 노래방은 언제 갔는지 기억도 안 나."

"그럼 지금 노래방 갈까?"

"엄마한테 연락 왔어. 과외 쌤 일찍 왔다고 빨리 들어오래. 학교에서 보자."

다현은 어깨를 축 늘어뜨린 채 정류장으로 갔다. 뭐라고 말을 더 해 보려는데, 버스가 바로 와 버렸다. 잘 가라고 손을 세차게 흔들었지만, 다현은 창가 쪽 의자에 앉아 앞만 봤다. 곧이어 버스가 구우우웅 소리를 내며 떠났.

아무래도 내가 또 망친 것 같다.

다현과 이런 이야기를 한 게 4월 들어서만 다섯 번째였다. 나도 알고 있다. 놀자고 만나 놓고는 또 옷에만 신경 썼다는 거. 하지만 변명하자면, 이건 내 힘으로는 제어가 안 되는 일이었다. 집에서도, 밖에서도 내가 뭘 입었는지 세상 모두가 지켜보는 것만 같으니까.

지하철을 기다리며 전화를 걸었지만, 다현은 받지 않았다. 집에 잘 들어가고 있냐고 메시지도 보냈지만 확인조차 하지 않는다. 나는 습관처럼 SNS를 열었다. 그 속에서 나는 완벽했다. 맑은 하늘과 밝은 조명 아래 언제나 웃고 있었다. 매사에 자신감이 넘치고 고민 따윈 없어 보였다. 뾰로통한 표정조차도 행복해 보였고, 밑에 달린 댓글들은 모두 호의적이었다. 시선이 위로 향했다. 나는 팔로워 숫자를 보며 손톱을 물어뜯었다.

'10만까지 얼마 안 남았어!'

다시 힘을 내려고 가볍게 허리를 돌렸다. 뒷목을 주무르려고 팔을 뒤로 뻗는데, 푸스스 소리와 함께 거치적거리는 느낌이 났다.

그때, 지하철이 들어오면서 바람이 불었다. 먼지를 피하려고 고개를 돌리는데 눈이 스르르 아래로 향했다. 시야 끝에 카키색 소매 끝이 바람에 나부끼는 게 보였다. 나는 고개만 쭉 빼서 뒤쪽을 돌아봤다. 눈이 번쩍 뜨였다. 연청 셔츠, 야상 점퍼, 흰 티셔츠, 청 반바지가 투명 마네킹에 입힌 모양새로 내 뒤에 서 있었다.

옷이, 등 뒤에, 꼬리표처럼 붙었다!

장르 변경

'말도 안 돼! 오, 옷이 어떻게 등 뒤에 서 있어….'

돌아보면 저주 받은 소금 기둥이 될 것 같아 오로지 앞만 봤다. 나는 지하철 문이 열리자마자 냉큼 뛰어들었다. 빨리 문이 닫히기를 바라며 끄트머리에 서 있는데 한 아주머니가 거기 서 있으면 위험하다며 나를 안쪽으로 끌어당겼다.

'문이 닫힐 때 떨어지라고 일부러 끝에 선 건데….'

입을 오물거렸지만, 말로 뱉지는 않았다. 모르는 사람 앞에서는 사소한 것이라도, 특히나 SNS에서는 내 생각을 말로 표현하지 않았다. 어차피 내 생각을 궁금해하는 사람은 없었다. 자신만의 '철학'을 앞세워 함부로 끄적인 말은 재수 없게 잘난 척한다는 적의와 함께 엄청난 후폭풍을 몰고 오니까.

'위시하니'는 내가 만든 두 번째 계정이다. 첫 번째 계정에 환경 이슈를 공유하며 그 아래 내 생각을 적었다가 욕이란 욕은 다 먹고 계정을 폭파시킨 적이 있다. 얼굴도 모르는 사람들이 '니가 툰베리냐' '딱 보니 초딩 같은데 UN 연설하고 싶냐' '관종 초딩이 어디 한둘이냐. 요즘 애들 무섭다' 등 밑도 끝도 없는 말로 나를 공격했다.

 몇 달이 지난 뒤에야, 내가 공유한 환경 기사가 정치적으로 민감해서 그 정책에 반대하는 사람들이 벌떼처럼 움직이며 악의적인 댓글을 도배하고 다닌다는 걸 알았다. 나 말고도 그 기사를 공유한 다른 계정들도 난리가 나 있었다. 똑같은 공격을 받은 다른 사람들은 대댓글을 달며 논리적으로 하나하나 받아쳤지만, 나는 겁이 나서 그러지 못했다.

 그 후 나는 바뀌었다. 함부로 나대거나 잘난 척하지 말 것, 그것이 내가 선택한 SNS 생존법이었다. 함부로 생각을 표현하는 건 위험했다. 어차피 문자 대신 DM 주고받으려고 만든 SNS인데, 다른 애들처럼 맛있는 음식이나 귀여운 고양이 사진 같은 것만 올렸다면 악플로부터 안전하지 않았을까. 그래서 새로 만든 두 번째 계정 초반에는 나를 드러내는 어떤 게시물도 없이 추천 피드만 보며 지냈다. 그러다 우연히 제이빈의 피드를 봤다. 예쁜 옷을 입고 여신처럼 찍은 사진으로 가득 찬 그녀의 계정에는 하트와 동경과 행복이 넘쳐나고 있었다. 그 순간, 내 안에서 작은 바람이 꿈틀거렸다.

'나도 저렇게 사랑받고 싶어!'

날 선 증오들로부터 받은 상처를 그보다 더 많은 관심과 사랑으로 덮고 싶었다. 그래서 언니들이 파는 옷을 몰래 입고 찍어서 올렸는데, 그때부터 팔로워 수가 하루에 백 단위로 늘어났다. 언니들은 그게 모두 자신들이 만든 옷 덕분이라고 하지만, 내가 볼 때는 딱히.

큰언니와 작은언니는 1년 전 엄마 아빠 몰래 여성 의류 인터넷 쇼핑몰을 창업했다. 손대는 족족 빚만 떠안는 아빠 때문에 엄마는 사업이라면 치를 떨었다. 그래서 언니들은 창업하고도 반년 넘게 그 사실을 숨겼다. 그러다 경기가 어려워지면서 사무실 비용을 아낀다고 갑자기 집으로 상품들을 가지고 들어왔다. 그때부터 우리 집은 옷의 천국이 됐다. 늘 빠듯한 용돈으로는 새 옷을 사기 힘들었는데, 집에 팔리지 않는 옷이 넘쳐나니 이런 횡재가 따로 없었다.

몇 달이 지나도록 언니들은 내가 옷을 몰래 입는다는 걸 알아채지 못했다. 매출이 먼저라는 큰언니와 디자인에 진심인 작은언니가 쇼핑몰 콘셉트 문제로 삐거덕거리면서 사업을 분리하네 마네 하며 시끌시끌했기 때문이다. 그사이 나는 SNS 업로드에만 열중했다. 헐렁한 옷 아래를 살짝 잡아서 크롭티처럼 변형하거나, 빈티지 느낌을 살리기 위해 가위로 쇄골 쪽에 송송 구멍을 내 주거나, 평범한 티셔츠 두 장을 레이어드한 뒤 바느질해서 색다른 느낌을 준 다음 입고 사진을 찍었다.

반응은 매우 빨랐다. 이 옷 어디서 파느냐, 이런 셔츠엔 뭐가 어울리느냐 등의 댓글이 달리기 시작했고, 사람들은 내가 단 답글에 기다렸다는 듯이 '좋아요'를 눌렀다. 아이템 간의 찰떡 매치를 '#1일1아이템' 해시태그를 붙여 업로드하면서 팔로워도 조금씩 늘었다. 공유가 늘어날 때마다 보이지 않는 사람들이 내 뒤를 쫓아다니며 너무 예쁘다며 핸드폰으로 나를 찰칵찰칵 찍는 것만 같았다. 좋은데, 한편으로는 불안했다. 나에게 열광해 주는 사람들이 한순간에 돌아설까 봐. 그래서 예전처럼 악플이 달리지는 않는지 매시간 확인했다. 악플은 온라인상에서는 지워졌지만, 내 머릿속에서는 끊임없이 반복 재생됐다.

이런 일상이 슬슬 지루해져 업로드가 뜸해지던 어느 날, 제이빈이 100만 팔로워 기념으로 100문 100답을 올렸다. 인생을 바꾼 터닝 포인트가 있냐는 질문에 그녀는 이렇게 답했다.

'10만 팔로워를 달성했을 때요. 내가 가는 길이 맞다는 걸 세상으로부터 확인 받는 기분이었어요. 그날부터 내가 하는 모든 일에 자신감도 생기고, 매일매일이 더 행복해졌어요.'

그때부터 나의 목표는 10만 팔로워가 됐다. 그렇게 매일 업로드에 열중하던 어느 날, 작은언니에게 딱 걸리고 말았다. 재고를 정리하다가 옷이 자꾸 사라지는 걸 알아챈 것이다. 언니들은 택배 포장 등 온갖 잡무로 옷값을 변상하라며 닦달했다.

"잠깐만! 나 팔로워가 3만이 넘어! 내가 SNS에 언니들 쇼핑몰 연동해 줄게! 그걸로 퉁 치면… 안 돼?"

무기한 강제 잡무를 언니들의 쇼핑몰 전속 피팅 모델이 되는 것과 맞바꿨다. 나이 차가 많이 난다는 이유로 놀아 주지도 않던 언니들 태도가 그날 이후 싹 달라졌다. 언니들은 어느 날부터 내가 손을 댄 디자인으로 변경해서 팔기 시작했다. 상세 페이지 아래에도 나의 SNS를 연동해 놨다. 언니들의 쇼핑몰이 입소문을 타고 잘되기 시작하면서 내 팔로워 역시 쭉쭉 늘어 9만을 돌파했다. 그러다 최근 들어 다른 쇼핑몰들이 비슷한 디자인에 더 싼 값을 경쟁적으로 내세우자 언니들의 쇼핑몰은 밀리기 시작했고, 내 팔로워 수도 정체기에 돌입했다. DM으로 컬

래버나 협찬 제의가 종종 들어왔지만, 큰언니가 우리 쇼핑몰 옷만 입어야 한다고 으름장을 놔서 죄다 거절할 수밖에 없었다. 큰언니는 무섭다. 작은언니는 못됐고.

요즘 자꾸 팔로워 수가 빠져서 머리가 아픈데, 왜 갑자기 이런 일까지 벌어진 걸까? 옷이 등 뒤로 따라다니는 건 어떤 괴담에서도 본 적이 없는데. 혹시 잘못 본 건 아닐까? 슬쩍 눈을 내려 보니 허리께 뒤쪽으로 카키색이 어른거렸다. 윽! 곧바로 천장으로 눈을 돌렸다. 정수리에 맺힌 땀이 척추를 따라 쪼르르 흘러내리는 것만 같았다.

역에 도착하자마자 나는 집까지 전력 질주했다. 빠르게 뛰면 뒤에 붙은 게 날아갈지 누가 알아? 말이 되는지 안 되는지를 따질 때가 아니었다.

현관문을 열자마자 다리에 힘이 풀려 주저앉았다.

"헉, 허억. 다, 다녀왔습니다…."

엄마는 일일연속극을 보다가 꾸벅꾸벅 조느라 말이 없었고, 아빠는 집에 없었다. 가게가 망한 후 아빠는 고등학교 동창 가게에서 일을 돕느라 밤늦게 퇴근했다. 반갑지 않은 언니들만 쪼르르 다가와 뾰족하게 말했다.

"오늘은 또 얼마나 예쁜 쓰레기를 사 왔는지, 어디 한번 볼까."

"빨리 보따리 풀어 봐."

"어우 씨, 이걸 왜!"

그러고 보니 옷이 든 쇼핑백을 보물인 것마냥 가슴에 꼭 껴안고 있었다. 나는 저주받은 물건이라도 되는 듯 쇼핑백을 거실로 냅다 던져 버렸다.

"언니! 굵은 소금 빨리!"

작은언니가 쟤 왜 저러냐고 구시렁거리면서 부엌에서 소금 통을 가지고 나왔다. 나는 통을 낚아채 드라마에서 본 대로 소금을 한 움큼 쥐고는 등 뒤에다 쉭쉭 뿌렸다.

"너 뭐 하냐?"

"내 뒤에 뭐 보여? 안 보여?"

"뭐가 보여?"

작은언니가 고개를 갸웃하는 사이, 큰언니가 나를 뚫어지게 쳐다보다가 얼굴을 가까이 들이밀며 낮게 말했다.

"네 눈엔 내가 네 언니로 보이니?"

말도 안 되는 소리인 걸 보니 너무 오래돼서 알고리즘에도 안 뜨는 개그인가 보다. 새삼 세대 차이가 느껴졌다. 몹쓸 개그에 순간 정신이 확 들었다.

"아 재미없어. 비켜."

"어딜 들어오려고. 바닥에 소금 다 치우고 들어와!"

입을 삐죽 내민 채 바닥에 흩어진 소금을 물티슈로 모았다. 그사이 언니들은 내가 산 옷을 거실 바닥에 쭉 펼

쳐놓고 중얼거렸다.

"이거 아까 제이빈 피드에 올라온 거랑 판박이네. 아직도 걔 꺼 따라 해? 넌 자존심도 없냐?"

"막내야, 그러니까 네 팔로워가 줄어드는 거야. 원단도 거지 같네. 세탁하면 이염되겠는데?"

언니들의 폭풍 잔소리에 공포물로 빠졌던 정신이 현실로 돌아왔다. 그래, 하이퍼 리얼리즘인 내 인생 장르가 갑자기 변할 리가 없지.

현실 부정

긴장이 풀리자 배에서 꼬르륵 소리가 났다. 부엌으로 들어가 후다닥 라면을 끓였다. 그사이 식탁까지 금붕어 똥처럼 쫄래쫄래 따라온 언니들이 돈을 얼마나 쓴 거냐며 잔소리를 늘어놓았다. 한입 먹기도 전에 체할 것 같다. 10만 팔로워를 달성하려면, 잔소리 방해꾼들과는 선을 그어야 할 때였다.

"나 이제 피팅 모델 안 해. 언니들 쇼핑몰에서 내 사진 다 내려."

깍두기를 씹으며 그동안 벼르고 벼려 온 말을 폭탄처럼 던졌다.

"얘가 뭐래? 치킨 먹으면서 좋다고 할 땐 언제고."

큰언니는 라면을 뺏어 먹으면서 내 말을 단칼에 무시했다. 작은언니는 구두 계약도 엄연히 신성한 약속이고,

피팅 모델 계약금 대신 핵 불닭 치킨이라는 보상까지 받았으니 찍소리 말라며 으름장을 놓았다.

"내 거 뺏어 먹지 말고 직접 끓여 먹어!"

"난 네가 끓인 라면이 젤 맛있더라."

"하늬야, 짜장 라면도 두 개 끓여 와."

말투는 사뭇 달랐지만, 둘 다 목적은 같았다. 그래도 아 다르고 어 다르다고 그 흔한 립 서비스도 없이 부려먹는 작은언니가 더 얄미웠다. 나는 작은언니를 노려보며 "게 눈"이라고 중얼거리고는 벌떡 일어나 냄비에 물을 올렸다.

큰언니는 높새, 작은언니는 파람. 부모님은 이름에 진심이었다. 큰언니는 자신의 이름이 특이해서 좋다고 했지만, 작은언니는 어릴 때부터 '게 눈'이라고 놀림을 빡세게 받았다. 그래서 스무 살이 되자마자 개명 신청을 해서 마파람에서 파람으로 바꿨다. 하지만 작은언니 친구들은 언니를 여전히 마파람이나 게 눈으로 부르며 놀렸다. 작은언니는 먹성이 좋아 진짜 마파람에 게 눈 감추듯 뭐든 빨리 잘 먹었다.

언니들은 자신들의 이름을 따 쇼핑몰 이름을 '높새파람'이라고 지었다. 침체된 의류 업계에 돌풍을 일으키겠다는 각오로 지었다는데, 언니들의 쇼핑몰이 침체된 게 어쩌면 이름 때문일지도 모르겠다. 주로 봄부터 초여름에 걸쳐 부는 고온 건조한 바람을 높새바람이라고 하는데, 농작물에 피해를 준다. 반면 마파람은 남쪽에서 부는 바람인데, 여름에 마파람이 불면 비가 내리는 경우가 많다. 건조한 높새와 습기 찬 마파람. 극과 극인 두 사람이 사업을 해 보겠다고 뭉쳤으니, 잘될 리가 없다. 나는 언니들에게 거리 두기를 하듯 내가 먹은 그릇만 치우고 방으로 쏙 들어갔다.

언니들과 달리 내 이름은 버릴 것이 없다. 무더운 여름철에 부는 하늬바람은 상쾌한 느낌을 준다. 어감이 꿀을 의미하는 허니(Honey)와 비슷해서 영어 이름으로도 딱이다. 다현이도 친구들 중에서 내 이름이 제일 예쁘다고 했는데.

핸드폰을 열어 다현과의 메시지를 확인했다. 10분 전에 내 메시지를 확인했다고 뜨는데 답이 없다. 과외 중이라서 그런 거겠지. 핸드폰을 침대에 던졌다. 피곤한데 배까지 부르니 눈이 솔솔 감겼다. 옷도 갈아입지 않은 채 침대에 누웠다. 누울 때 푸스스 소리가 들린 것 같고, 왠지 등이 좀 뻐근한 것 같았지만… 애써 무시했다. 팔다리를 개구리처럼 쫙 펼쳤다.

"피곤해서 그래. 스트레스 받아서 그런 거야! 아무튼

아니야!"

 찝찝한 기분을 떨쳐내려고 침대에 등을 요리조리 문댔다. 나가기 전에 침대 위에 늘어놓고 안 치운 옷들이 등에 부대껴서 뭐가 뭔지 알 수 없어졌다.

 드라마가 끝났는지 집 안이 조용해졌고, 언니들이 거실에서 소곤거리는 소리가 벽을 타고 넘어왔다. 아까는 내가 사 온 옷이 별로라더니, 그 느낌으로 신상품을 만들어서 발주를 넣어야 할지 말지 진지하게 논의 중이었다.

 오랜만에 언니들 쇼핑몰에 들어가 봤다. 이제 곧 자정인데 방문자 수가 겨우 백 단위였다. 최근에 업데이트한 신상품 하나를 클릭했다. 다시 봐도 진짜 잘 나왔다. 언니들은 나를 독특한 감성의 카페나 뷰 좋은 공원에 데려가 '내 새끼 오구오구' 하며 수천 장의 사진을 찍었다. 그러다 보니 높새파람 쇼핑몰 신상품 상세 페이지는 내 인생 사진 모음집이었다.

 '사진도 잘 나오는데 피팅 모델은 계속할까? 그럼 무슨 수로 10만을 찍지? 나도 제이빈처럼 유명 브랜드에서 협찬받아야 하는데….'

 참새가 방앗간을 기웃거리듯 제이빈의 SNS에 들어갔다. 그사이 새로 달린 댓글을 보고 있자니 거실에 던지고 온 쇼핑백이 슬그머니 생각났다. 그거 사느라 한 달 용돈다 털었는데.

"옷이 쇼핑백에 멀쩡하게 들어 있는데, 그게 유령처럼 등 뒤로 둥둥 떠다니는 게 말이 돼? 오늘 아침부터 옷을 너무 많이 봐서 그래. 그래서 '잔상'이 남은 거겠지!"

벌떡 일어나 방을 나왔다. 언니들이 노트북 화면을 보며 에너지 드링크를 벌컥벌컥 마시고 있었다. 또 밤샐 생각인가 보네.

어느새 잠에서 깨 집안일을 하던 엄마가 바닥에 널브러진 새 옷을 집어들고 소리쳤다.

"이거 세탁기에 넣는다?"

"안돼-!"

언니들과 내가 동시에 외쳤다. 나는 빨고 나면 핏과 색감이 미묘하게 달라져서 안 된다고 반대했고, 언니들은 같이 빨면 다른 옷들까지 죄다 물들 거라며 반대했다.

"아유, 하여간에 옷을 사도 이런 것들만."

엄마는 구시렁거리면서 내 옷을 쇼핑백에 도로 담고는 배가 불룩하게 튀어나온 검은 봉지를 챙겨 현관문을 나섰다.

"엄마 어디 가?"

"너네 아빠 못 입는 옷 버리러!"

* * *

 자정이 조금 지나자, 현관 도어락이 눌리는 소리와 함께 아빠가 들어왔다. 숯불고기 식당에서 숯 가는 일을 시작한 뒤로 아빠는 세상 그 어떤 향수보다 유혹적인 냄새를 풍겼다.

 "아빠아-!"

 나는 아빠를 덥석 껴안았다. 하지만 아빠가 곰처럼 덩치가 큰 탓에 품에 쏙 들어가 안긴 꼴이 되고 말았다.

 "아빠 스톱! 거기 딱 서."

 큰언니가 뛰어와 택배 보낼 옷에 고기 냄새 배면 안 된다며 아빠를 향해 섬유 탈취제를 칙칙 뿌렸다. 아빠는 매일 밤 반복되는 환대가 익숙한 듯 두 팔을 크게 벌리고 눈을 감았다.

 "난 고기 냄새 좋은데."

 나는 아빠 가슴에 코를 박고 구시렁거렸다.

 "저번에 세 개나 반품됐어. 아빠, 등 뒤."

 작은언니까지 가세해서 섬유 탈취제를 뿌렸다. 아빠는 공항 검색대에 온 것처럼 두 팔을 벌린 채 발을 찬찬히 옆으로 옮겼다. 나도 아빠를 따라 움직였다. 우리는 봄비처럼 내리는 섬유 탈취제 아래에서 꼭 껴안았다.

"역시 아빠를 반겨 주는 건 우리 막내딸밖에 없네."

아빠가 손 안에 무언가를 쥐여 주었다. 슬쩍 내려다보니, 만 원짜리 지폐였다. 딱히 용돈 받으려고 한 건 아닌데. 나는 감사 인사를 잊지 않았다. 그러고 돌아서려다가 아빠한테 슬쩍 귀띔해 줬다.

"아까 엄마가 서랍 구석에 아빠가 숨겨 둔 구멍 난 옷 또 찾아내서 갖고 나갔어."

"어차피 안에 입는 거라 티도 안 나는데 왜 자꾸 버리나 몰라. 아직 입을 만한데."

나는 꼬깃꼬깃하게 접힌 만 원을 아빠 셔츠의 가슴 주머니에 넣었다.

"이걸로 하나 새로 사. 엄마가 꼬질꼬질하게 다니지 말라고 잔소리할 거야."

"괜찮아. 아빠 옷 많으니까 이걸로 친구랑 맛있는 거 사 먹어."

아빠는 내 손에 다시 만 원을 쥐어 주고는 수건을 들고 욕실로 들어갔다.

엄마는 나보고 맨날 옷 산다며 잔소리하지만, 사실 엄마도 옷에 민감했다. 가격으로 치면 내 옷을 다 합쳐봤자 엄마 외출복 한 벌이 더 비쌌다. 엄마가 고객들을 만날 때 입는 명품 외출복은 10년 전에 산 것이다. 보험 설계사라는 직업상 아무거나 입고 나갈 수 없다는 게 엄마의 주장이었다.

"아빠 왔어?"

엄마가 묵은 체증이 싹 내려간 표정으로 들어왔다. 엄마가 아빠를 위해 야식을 준비하는 동안 언니들은 신상품 조사하러 동대문 옷 도매 시장에 다녀와야겠다면서 외출 준비를 했다.

"너도 같이 갈래?"

나는 반쯤 감긴 눈으로 고개를 저었다.

"옷이라면 오늘 신물나게… 하암."

"웬일이래. 옷이라면 사족을 못 쓰던 애가."

작은언니가 쟤 오늘 좀 이상하지 않느냐며 큰언니한테 험담하거나 말거나, 나는 방으로 들어가 침대에 엎어졌다. 수학 숙제도 다 못 했는데, 발표 준비도 안 했고… 그리고 또….

눈꺼풀이 너무 무거웠다.

현실 자각

"악! 미친! 지각!"

탁상시계를 보니 8시 50분. 핸드폰은 방전돼서 꺼져 있었다. 어젯밤 충전하는 걸 까먹었네. 나는 그 어느 때보다도 빠르게 교복으로 갈아입고 가방을 챙겨 뛰쳐나갔다. 숨도 참고 뛰었는데, 간발의 차로 버스를 놓쳤다. 이런! 지름길로 뛰어가려고 집 방향으로 발걸음을 돌릴 때였다. 담벼락에서 시커먼 털 뭉치가 모습을 드러냈다.

"냐아아옹."

오랫동안 기다린 듯한 모양새로 까미가 애처롭게 울었다. 아침마다 먹을 걸 챙겨 줬더니, 몇 달 전부터는 아예 루틴이 돼 버렸다.

"으아— 어떡하지? 너 아침밥도 까먹었네. 까미야, 내가 지금 늦었거든? 오늘만 좀….'

"냐옹."

"으으음."

고양이 언어 번역기는 없지만, 울음 소리에 꼬르륵 소리가 같이 들리는 것 같다. 사료를 가지러 집에 들어갔다 나오면 너무 늦을 것 같아 급한 대로 편의점에서 고양이 간식을 샀다. 포장지 끄트머리를 살짝 뜯어 내용물을 조금씩 짜 줬다. 손가락에 닿는 까끌까끌한 혀에 온몸이 녹는 것 같았다.

"이 맛에 챙겨 주지. 으흐흐."

왼손으로 새까맣게 윤기가 흐르는 등을 쓰다듬으며 사심을 채웠다. 까미는 배가 고팠을 텐데도 서두르지 않았다. 물도 없이 간식부터 먹어서 목이 막히려나.

"물도 먹을래? 가서 사 올까?"

"서하니! 너 미쳤어? 지금이 몇 시야!"

불시에 등짝 스매싱이 날아왔다. 돌아보니 바리바리 가방을 멘 큰언니와 작은언니가 세상 한심하다는 표정으로 나를 바라보며 서 있었다.

"완전 지각이네. 야, 너 빨리 일어나서 학교 안 가?"

큰언니가 발로 내 엉덩이를 뻥 찼다. 우이 씨. 나는 남은 고양이 간식을 작은언니에게 넘기며 물도 좀 챙겨 주라고 덧붙였다.

"저 기지배가 아직도 정신을 못 차리네? 너 이리 와. 좀 맞자."

큰언니가 손바닥을 쫙 펼치며 달려들었다. 나는 뒤도 안 돌아보고 아까보다 더 빨리 뛰었다.

"악!"

거의 다 왔는데, 학교 입구가 보이는 길목에서 돌멩이에 걸려 바닥에 철퍼덕 넘어졌다. 그대로 아스팔트 바닥에 무릎이 갈려 피가 흘렀다. 몹시 쓰라렸지만, 시간은 나를 기다려 주지 않았다. 왼쪽 다리를 절룩이면서 학교에 들어섰다. 9시 32분, 1교시가 거의 끝날 때쯤 교실에 도착했다. 하필이면 담임 시간이네.

"서하니이! 니 또 늦었나!"

담임의 찰진 경상도 사투리가 고막을 때렸다. 담임은 화가 나면 사투리가 튀어나온다는데, 나만 보면 늘 사투리였다. 난 쌤이 좋은데, 쌤은 나만 보면 화가 나나 보다. 애들이 입을 가리고 큭큭거렸다.

"죄송합니다."

"근데 다리는 와 그라노?"

"뛰다가 넘어졌어요. 요 앞에서."

담임은 그러게 왜 조심하지 않았냐, 아침에 일찍 일어났으면 안 다쳤을 거 아니냐며 걱정인지 잔소리인지 모를 말을 쉴 새 없이 퍼부었다. 아침부터 너덜너덜해진 기분이었다. 개지 않고 나온 이불이 눈앞에 아른거렸다.

공상하는 동안 쉬는 시간 종이 울렸다. 담임에게서 해방되자마자 나는 다현의 자리로 고개를 돌렸다. 비어 있었다.

"다현이 학교 안 왔어?"

"아까 배 아프다고 보건실 갔어."

"으이구, 정다현. 몸도 약한 게 뭘 또 잘못 먹었대."

1층 보건실로 내려갔는데, 다현이 없었다. 생리통이 심해서 조금 전 조퇴했다며 보건 선생님이 말했다. 길이 엇갈린 듯했다. 나는 보건 선생님에게 붙잡혀 무릎 상처를 치료한 후 체육 수업을 위해 탈의실로 향했다. 체육복으로 갈아입고 상의 지퍼를 올리다 무의식적으로 뒤를 봤다. 아니나 다를까, 옷이 보였다. 연청 셔츠, 야상 점퍼, 흰 티셔츠, 청 반바지.

"어우! 이게 또!"

목소리가 뒤집어졌다. 반장이 달려와 무슨 일이냐고 묻는데, 말이 어버버 잘 나오지 않았다. 이게 안 보이냐며 내 등 뒤를 가리켰지만, 반장은 미간에 힘을 준 채 물었다.

"뭐가? 벌레 있어?"

"아니! 옷 말이야! 귀신처럼 뻣뻣하게 서 있잖아. 점퍼랑 티랑… 안 보여?"

정색하는 반장의 표정에 말소리가 볼륨을 줄이듯 점점 작아졌다.

"빨리 나와. 오늘 수행 평가 있잖아."

반장은 새침하게 귀 뒤로 단발머리를 넘기며 운동장으로 나갔다. 나는 등 뒤를 다시 봤다. 분명 보이는데, 이거 설마 나한테만 보이나? 등줄기에 소름이 오소소 돋았다. 만지는 것도 싫었다. 그래서 떨어지라고 핸드폰에 달린 키링을 빼서 등 뒤로 휙 던졌다. 그러자 키링이 그대로 통과해 바닥에 떨어졌다.

"미친! 통과했어!"

갑자기 탈의실에 혼자 있는 게 무서워졌다. 나는 부리나케 운동장으로 튀어 나갔다. 귀신이고 유령이고 쨍한 햇빛 아래에서는 힘도 못 쓰니까! 그런데 운동장 한가운데로 나와도 옷들이 계속 보였다. 햇빛 치료는 뱀파이어한테만 효과적이었나? 퇴마법은 아는 게 없는데! 머리가 어질어질했다.

애들을 붙잡고 혹시 내 등 뒤에 뭐 안 보이냐고 물어봤지만, 모두 반장과 같은 반응이었다. 수행 평가 쌩쌩이 연습하느라 정신없는지 이상한 소리 하지 말라며 대부분

쌀쌀맞은 반응이었다. 오늘따라 다현의 빈자리가 유독 더 커 보였다. 그사이 나는 줄넘기 안 챙겨 왔다고 체육 선생님한테 혼이 났다. 다른 애들이 줄넘기에 매진하는 동안 나는 계속 등 뒤만 봤다.

결국 줄넘기 수행 평가는 망했다. 어제 산 옷이 나와 함께 뛸 거라고 생각하니까 소름이 끼쳐서 한 개도 성공하지 못했다. 밴드 붙인 다리 핑계를 대 봤지만, 체육 선생님은 그러기엔 밴드가 너무 작지 않냐며 눈을 가늘게 떴다. 저번 주까지 3반에서 제일 잘하던 애가 오늘 왜 그러냐며 다시 해 보라고 기회를 줬지만, 나는 옷을 신경 쓰다 엇박자로 뛰는 바람에 줄에 걸려 크게 넘어졌다. 이번엔 팔꿈치도 까졌다. 되는 일이 하나도 없다.

5교시 영어 시간에는 등을 긁으며 뒤를 돌아보다가 선생님한테 단어 수행 평가 중에 부정행위하지 말라며 또 한소리를 들었다. 영어는 젬병인 데다 딱히 잘하고 싶은 의지도 없어서 부정행위 따윈 꿈도 꾸지 않았다고 대꾸했다가 그게 자랑이냐며 또 한소리. 오늘 나의 콘셉트는 동네북이었다.

학교가 끝나자마자 나는 새로 산 고양이 간식을 들고 집 근처 담벼락 아래에서 까미를 기다렸다. 포장지를 조금 뜯고 서 있었더니 온갖 고양이들이 아는 척을 해 왔다.

마음이 조급해져 간식을 바치고 아무 고양이나 붙잡고 물어보고 싶었지만, 그럴 순 없었다. 무조건 까만 고양이어야 한다. 전에 큰언니가 그랬다. 몸이 검은 짐승은 예로부터 귀신을 본다고.

한참을 기다린 끝에 까미가 나타났다. 나는 왜 이제 왔냐고 징징대면서 간식을 내밀었다. 까미는 도도한 표정으로 간식을 날름날름 핥았다. 간식이 반쯤 사라졌을 때 영험한 무당을 만난 것처럼 조심스럽게 물어봤다.

"넌 내 뒤에 저 옷들 다 보이지? 저거, 어떻게 떼 버려야 해? 응?"

까미는 나를 빤히 볼 뿐 대답이 없었다. 그저 제 배만 채우고는 몸을 돌려 요염하게 담벼락 위로 올라가 버렸다.

"진짜 이러기야? 까미야! 까미야!!"

떠나는 애인을 붙잡듯 애절하게 불러 봤지만, 까미는 뒤도 돌아보지 않고 가 버렸다. 우리의 밥 정이 고작 이 정도라니!

나는 아무 성과도 얻지 못한 채 터덜터덜 집으로 향했다. 현관문을 여니 택배 상자가 거실 입구부터 천장 높이까지 관을 포개 놓은 듯 차곡차곡 쌓여 있었다. 마치 옷의 거대한 무덤처럼 보였다. 옷 귀신이 붙은 게 저것들 때문인 건가 싶어 한참을 쏘아 보는데, 샤워하고 나온 큰언니가 불쑥 물었다.

"너 얼굴이 왜 코 푼 휴지처럼 찌그러졌냐?"

또 시비다. 말할 기운도 없어서 한숨을 내쉬며 방에 들어갔다가, 다시 나왔다. 혹시나 하는 마음에 언니들을 붙잡고 내 등 뒤에 붙은 옷을 이야기했다.

작은언니가 샐러드를 소처럼 우걱우걱 씹으며 심드렁한 표정으로 톡 쏘았다.

"너, 그거 우리 쇼핑몰 옷 안 입고 다른 데서 옷 사 입어서 그래."

"생각해 보니까, 전속 피팅 모델 계약 위반으로 손해 배상 청구해야 하는 거 아니야?"

큰언니까지 합세했다. 무시하고 방으로 다시 들어갔다. 혼자 있고 싶었다. 아, 생각해 보니 혼자는 아니네. 옷이 따라다니니까.

대체 나한테 무슨 일이 벌어지고 있는 걸까.

반전

 힙한 맛집이 된 기분이다. 등 뒤로 따라붙은 옷 줄이 어마어마하게 길었다. 간판도 없고, 번호표 줄 생각도 전혀 없는데, 줄은 계속 늘어났다. 누가 소문낸 걸까. 어쩌다 이렇게 된 걸까. 과민 대장 증후군에 불면증까지 생기면서 다크 서클이 목까지 내려왔다. 방을 나가면 줄이 더 늘어날까 봐 두려웠다.

 배가 아프다는 핑계로 학교에 가지 않았다. 지각은 해도 학교는 빠지지 않고 꼬박꼬박 가던 내가 파업 선언하듯 드러누워 버리자 엄마는 언니들에게 막내 건들지 말라고 엄포를 놓고 출근했다. 아빠도 나가고, 언니들도 약속으로 외출하는 바람에 집엔 나뿐이었다.

 침대에 누워 목도리도마뱀이 뛰어가는 모양새로 팔다리를 파닥파닥 휘저었다.

"나한테 원하는 게 뭔데! 아— 이거 뭐냐고 진짜!"

뭘 바라고 말한 건 아니었지만, 돌아오는 대답은 역시 없었다. 기분 전환하려고 SNS를 켰더니 줄줄이 옷 자랑하는 피드만 떠서 심사가 더 꼬였다. 온라인이고 오프라인이고 내 세계에는 옷밖에 없다.

"아무리 그래도 그렇지, 이건 좀… 아, 혹시 그래서 그런가?"

등 뒤에 늘어선 옷들을 꼼꼼히 살펴봤다. 초반에 들러붙은 옷은 분명 내가 산 옷이었다. 그런데 끄트머리에 보이는 옷은 기억이 가물가물했다. 나는 붙박이장에 든 모든 옷을 꺼내 등 뒤로 늘어선 옷과 하나하나 비교해 봤다.

"… 내 옷이 이렇게 많았다고?"

새삼 놀라웠다.

"가만, 옷장에 옷이 이만큼이나 많은데 줄이 아직 저 정도면, 히익! 이러다 100m 넘어가는 거 아니야?"

나는 팔짱을 낀 채 등 뒤로 늘어선 옷들을 매의 눈으로 훑으며 발걸음을 옮겼다. 그사이에도 줄은 부지런히 늘어나 내 방문을 넘어 거실까지 이어졌다.

옷들을 쭉 둘러보면서 든 생각은 '놀라움'이었다. 옷장에 있는 것조차 잊고 있었는데, 다시 보니 생각보다 입을 만한 옷이 많았다. 대체 왜 샀는지 알 수 없는 옷은 그보다 몇 배로 더 많았고. 제일 당황스러웠던 건 얼핏 보면 똑같아 보이는 옷도 여러 벌이라는 것이었다. 몇 번 입으면 새 옷 특유의 핏이 사라져서 옷장에 처박아 두고 다시 사기를 반복했다. 나는 옷 부자였다.

무심한 눈으로 옷들을 살펴보다가 오늘의 날씨와 어울리는 스타일이 눈에 띄었다. 연회색 박스 후드 티셔츠와 9부 청바지, 발목 양말이 코디돼 있었다. 자세히 보기 위해 코디된 옷으로 손을 뻗었다. 그러자 휘릭- 소리와 함께 그 자리에 방금 전까지 입고 있던 잠옷 바지와 레터링 반팔 티셔츠가 자리했다.

"설마…?"

고개를 내려 입고 있는 옷을 봤다. 방금 손으로 잡았던 옷이 몸에 사라락 입혀져 있었다. 핸드폰에 달았던 키링은 그냥 통과되면서, 내 손엔 잡힌다고?!

"저주가 아니라… 선물이었어?"

내친 김에 다른 옷도 만져 봤다. 모두 눈 깜짝할 사이에 입은 옷과 내 뒤를 따르는 옷이 바뀌었다.

"미쳤다! 웬일이야!!"

패션쇼나 화보 촬영할 때 스태프들이 모델을 따라다니면서 행거에 걸린 옷을 챙겨 주는 모습이 떠올랐다. 유명 인플루언서가 된 기분이다. 게다가 터치만 하면 옷이 자동으로 바뀌니, 옷 갈아입겠다고 낑낑댈 필요도 없었다. 빨리 이걸 자랑하고 싶은데, 아- 왜 오늘 학교를 왜 안 간 거지?! 나는 서둘러 교복을 입고 학교로 향했다.

교실 문을 열고 등장하자, 모두 놀란 눈치였다. 나는 자리에 앉아 쉬는 시간이 오기만을 기다렸다. 수업 중간중간 뒤를 돌아보며 옷이 잘 붙어 있나 확인하는 것도 잊지 않았다.

쉬는 시간, 종이 울리자마자 나는 다현의 자리로 쪼르르 달려갔다.

"대박 사건! 나 옷이 따라다녀. 근데 옷이 막 바뀌어!"

다현은 눈썹을 가운데로 모으고 나를 쳐다봤다. 다현에게 바로 보여 주기 위해 나는 등 뒤에 붙은 옷을 꽉 잡았다. 그런데 어떤 일도 일어나지 않았다.

"어라? 이 옷은 안 되나? 잠깐만. … 어? 왜 이래?"

당황해서 이 옷 저 옷 다 잡아 봤지만, 집에서와 같은 일은 일어나지 않았다. 음악실로 이동하려고 교과서를 챙기던 애들이 쟤 왜 저러냐며 수군거렸다. 애들 눈에는 내가 반을 돌아다니면서 허공을 막 꼬집는 것처럼 보였을 것이다.

다현이 음악 교과서를 안고 자리에서 일어섰다.

"나 아직 메시지 답장 안 보냈어."

너무 흥분해서 그날 지하상가에서 만난 이후로 우리가 응어리를 풀지 못했다는 걸 깜빡했다. 내가 옷만 신경 쓴다는 이유로 다퉜는데, 다짜고짜 만나자마자 또 옷 이야기부터 한 것이다. 변명하려는데, 다현은 교실을 나가 버렸다.

'망했다.'

오스트랄로피테쿠스처럼 어깨를 옹송그리고 음악실 끝자리에 앉았다. 영 노래할 맛이 나지 않았다. 립싱크하듯 입만 대충 벙긋거리는데, 어디선가 찹찹찹 소리가 들렸다. 누가 몰래 빵이라도 먹나 싶어서 둘러봤지만, 그런 간 큰 애는 없었다. 음악 선생님은 리듬에 몸을 맡기고 열정적으로 피아노를 치며 노래를 이끌었다.

스트레스 때문에 머리카락이 삐죽 솟는 것 같았다. 한숨을 쉬며 습관처럼 뒷목을 주무르는데, 야상 점퍼의 목깃이 손에 스쳤다. 순간 짜증이 치밀어 옷을 잡고 확 밀쳐 버렸다. 그때였다. 입고 있던 교복이 순식간에 지하상가에서 산 야상 점퍼로 바뀌었다.

"으악!"

내 비명에 피아노 소리가 뚝 끊겼다. 모두가 날 쳐다봤다. 음악 선생님이 물었다.

"하늬야, 옷이 그게 뭐니? 너 설마 음악 시간에 뒤에서 옷 갈아입은 거야? 교복은 어쩌고!"

나는 등 뒤로 손을 돌려 교복을 더듬더듬 만졌지만, 옷은 바뀌지 않았다. 애들이 아까부터 쟤 왜 저러냐며 웅성거렸다. 진실을 말해 봤자 증명할 수도 없고, 나만 이상한 애로 몰릴 거다.

"죄송합니다. 바로 갈아입고 올게요!"

음악실을 뛰쳐나가 화장실로 향했다. 수업 시간이라 화장실에는 아무도 없었다. 쿵쾅거리는 가슴에 손을 얹고 등 뒤의 교복을 다시 잡았다. 그러자 입은 옷이 바로 교복으로 바뀌었다.

집에서도 되고, 화장실에서도 되는데 교실에서는 왜 안 된 걸까? 차이점은 하나였다. 누군가가 보고 있으면 불가능한 것이다. 슈퍼맨마냥 혼자 있어야 옷을 바꿔 입을 수 있는 건가? 그럼 음악실에서는 왜 됐지? 다들 악보 보며 노래에 열중하느라 나를 보는 사람이 없어서 가능했던 건가? 한때 순간 이동 능력을 바랐다. 지각으로 혼나는 게 지겨워서. 그런데 이게 100만 배는 더 좋다.

"아!"

이 능력을 200% 활용할 방법이 떠올랐다. 오늘부터 SNS 피드는 다 내 꺼다! 10만 팔로워 가자, 서하늬!

목표

"이번 신상 끝내주게 뽑혔어! 사진 찍으러 가자!"

작은언니가 직접 디자인한 원피스를 들고 내 방을 습격했다. 기하학적 무늬가 크고 시원시원한 게 날이 더워지면 꽤 인기가 있을 것 같았다.

나는 새벽부터 화장을 공들여 한 뒤 언니들을 따라나섰다. 미리 섭외한 경기도 외곽에 있는 카페는 뷰 맛집이었고, 햇살은 좋았고, 화장도 잘 먹었고, 새로 개시한 렌즈도 아주 마음에 들었다.

언니들이 찍은 사진을 확인하면서 구도를 의논하는 사이, 나는 한쪽 구석에 카메라 거치대를 세우고 사진을 여러 장 찍었다. 내가 가진 옷들을 믹스 매치해서 조금씩 다른 느낌으로.

집으로 돌아오자마자 '#봄코디추천' 해시태그를 걸고

올린 게시물들에 '좋아요'가 대박이 났다. 하트 개수가 몇 배로 늘어났지만 나는 호들갑 떨지 않았다. 흥분하기엔 일렀다. 팔로워는 아직 9.7만이었다.

언니들은 내 SNS 피드를 보고 고개를 갸웃했다.

"너 언제 이렇게 옷을 많이 갈아입고 찍었냐?"

"따로 챙겨간 옷이 이렇게나 많다고?"

유명 스타들이 그러하듯 구구절절 설명하지 않았다. 나는 내 방 침대에 누워 댓글이 실시간으로 늘어나는 걸 지켜봤다. 나한테도 번역이 필요한 외국어 댓글들이 달리기 시작했다. 용돈이 충전되자마자 옷을 샀다. 불과 며칠 사이에 온라인과 오프라인 쇼핑몰의 진열된 옷들이 바뀌었고, 신상 디자인이 내 눈을 사로잡았다. 가격도 꽤 착했다. 나는 뒤를 돌아보지 않았다. 옷을 사자마자 줄이 또 늘어나겠지만, 그게 뭐! 나중에 갈아입을 때만 사용하면 되는데. SNS 업로드 주기가 빨라지고, 딸린 사진이 많아지고, 다양한 옷으로 코디법을 늘리니 팔로워 수가 착실하게 늘었다. 팔로워 수가 늘어났다고 해서 언니들의 쇼핑몰 매출이 바로 늘어나지는 않았지만, 언니들은 더는 라면 끓여 오라며 내 엉덩이를 뻥뻥 차지 않았다. 오히려 내 방문을 슬쩍 열고 들어와 라면 먹고 싶냐고 먼저 물어보기까지 했다.

"난 비빔면. 오이 채 썰어서 올려 줘."

새침한 대답에, 큰언니가 문고리를 꽉 쥐었다. 나는 시선을 다시 핸드폰으로 돌리고 엄지를 바쁘게 움직이며 혼잣말처럼 중얼거렸다.

"숏폼 계정도 만들까? 요즘에는 다들 브이로그도 하던데. 거기에도 언니들 쇼핑몰 연동해 줄까?"

"야야, 너 반숙 좋아하지? 지금 바로 계란도 삶는다!"

큰언니가 거실에 있는 작은언니에게 빨리 물 올리라고 시키는 소리가 들렸다. 언니들이 끓여 준 비빔면은 참 맛있다. 부엌으로 나가 냉장고에서 콜라를 꺼내는데, 큰언니가 핸드폰을 보더니 눈을 휘둥그레 떴다.

"야야! 서하니 10만! 와이 씨, 방금 10만 넘었어!"

바로 핸드폰을 봤다. 진짜였다. 약간 얼떨떨했다. 기다리고 기다리던 바로 그 순간이었다. 게시물에 10만 팔로워 축하한다는 댓글도 달렸다. 나는 평소 다현과 메시지를 주고받듯 느낌표와 하트와 이모티콘을 잔뜩 붙여서 답글을 달았다가 금세 지웠다. 감정 과잉은 위시하니의 도도한 콘셉트와 맞지 않았다.

'위시하니라면 이럴 때 어떻게 기뻐할까.'

제삼자처럼 SNS 속 내 모습을 바라봤다. 한참을 고민하다가 짤막하게 웃음 표시만 달았다. 내 피드는 제이빈의 피드와 점점 닮아 가고 있었다. 해시태그도 꼭 필요할 때가 아니면 쓰지 않았다. SNS 게시물 속 위시하니는 음성 기능이 지원되지 않는 구체 관절 인형 같았다. 어떤 말도, 생각도 없이 입은 옷과 풍경만 바뀌었다. 사람들은 그런 모습에 열광했다.

그로부터 몇 시간 지나지 않아 기다리던 DM이 도착했다. 제이빈이 협찬 받았던 유어리즈보다 급이 높은 유명 신발 브랜드의 협찬 문의 DM이었다. 계속 지켜보고 있었다면서 비즈니스에 대해 논의하고 싶다고 했다. 작은언니가 옆에 딱 붙어서 업체와 가격 협상을 진행했고, 업로드 날짜는 소풍 가는 날로 잡았다.

공허함

 소풍 전날, 큰언니가 요즘 내 얼굴이 부은 것 같다면서 마사지를 해 줬다.

 "머리 저쪽으로 하고 누워 봐. 파람아, 내 화장대에서 오일 좀 가져와."

 며칠 사이 사뭇 달라진 모습에 엄마는 이게 다 무슨 일이냐며 놀란 눈으로 봤고, 아빠는 자매들끼리 우애 좋게 지내서 좋다며 흐뭇하게 미소 지었다. 큰언니와 작은언니는 내 SNS를 수시로 들락거리며 자신들의 일처럼 좋아했다. 내 팔로워가 10만이 넘었으니 높새파람 쇼핑몰도 곧 대박이 날 거라고 기대하는 것 같았다.

 "좋아 죽겠지?"

 "응."

 "그게 다야?"

"좋아."

"뭐냐, 그 시크함은. 가진 자의 여유냐."

정말 좋아 죽겠다는 표정은 어떻게 지어야 할까. 그토록 바라던 게 드디어 이루어졌는데, 나는 내가 생각해도 지나치게 차분했다. 10만 팔로워가 되면 밥 안 먹어도 배부르고, 굴러가는 돌멩이만 봐도 웃음이 피식피식 나올 줄 알았는데…. 좋긴 한데, 막 그 정도로 가슴 벅차게 행복하진 않았다. 아주 중요한 뭔가가 빠진 느낌이었다.

"피곤해서 그런가 봐."

말을 돌렸지만, 언니들은 눈치가 빨랐다. 큰언니는 나를 힐끗 보고는 고개를 돌려 작은언니와 눈빛을 교환했다. *찹찹찹.*

"언니. 다 들리거든?"

"우린 아무 소리 안 했다?"

"…"

습관처럼 SNS를 켰지만, 하나도 눈에 들어오지 않았다. 내 SNS는 예쁜 옷을 입고 찍은 사진들로 도배돼 있었다. 오늘도 SNS 속 위시하니는 행복해 보였다. 꿈에 그리던 10만 팔로워를 찍고, 그토록 바라던 유명 브랜드 협찬도 들어왔는데, 왜 이렇게 힘이 빠지지? 제이빈처럼 100만 팔로워가 되면 달라질까? 아직 블루 뱃지를 받지 못해서 그런가? 자극을 받기 위해 제이빈의 SNS에 들어갔다. 그녀는 여전히 예뻤고, 팔로워도 빵빵했다. 그런데 그게 끝이었다. 그녀처럼 되고 싶은 초조함은 거짓말처럼 사라져 있었다.

등 뒤로 늘어선 옷은 너무 길어 이제는 끝이 보이지 않을 정도였다. 그래도 내가 원하면 언제든지 찾아서 눈 깜짝할 사이에 갈아입을 수 있으니까. 분명 신나는 초능력인데. 신나야 하는데···.

작은언니가 쫀드기를 뜯으며 핸드폰에 시선을 고정한 채 툭 물었다.

"근데 다현인 왜 요즘 집에 놀러 안 오니?"

"걔도 바쁘니까. 근데 다현인 왜?"

"너 SNS 보니까 요즘 다현이 사진이 하나도 없길래. 둘이 싸웠어?"

"싸운 건 아닌데, 음, 그런 것 같기도 하고."

10만! 10만! 주문을 외우는 사이 다현과 한 마디도 하지 않았다. 그토록 바라던 일이 일어났는데도, 함께 나눌 친구가 없었다. 나는 몸을 일으켜 앉아 그간 있었던 일을 언니들에게 이야기했다.

"뭘 그런 걸로 싸워? 다현이 보고 우리 집에 놀러 오라고 해. 예쁜 옷 많이 챙겨 줄 테니까."

"아니! 다현이가 옷 때문에 화났다니까?"

"에이, 그럴 리가 있어? 옷 많으면 좋지. 옷 선물 받으면 바로 풀릴 거야!"

언니들은 세상의 모든 문제가 예쁜 옷이 많으면 다 해결될 거라고 확신하는 듯했다.

"아니거든? 그리고 다현인 언니들보다 내가 훨씬 더 잘 알아."

"그렇게 잘 알면서 왜 아직도 둘이 꽁한 건데?"

"그건…."

대답할 말이 궁색해졌다. 나는 내일 일찍 일어나야 한다는 핑계로 방으로 들어갔다. 침대에 누워 오랜만에 다현의 SNS에 들어갔다. 다현은 SNS 계정을 DM 보내는 용으로만 사용해 피드가 찬바람이 불듯 휑했다. 사진이라곤 고개 숙이고 기타 치는 모습의 프로필 사진이 전부였다. 1년 동안 모은 용돈으로 기타를 사고 즐거워하던 모습이 아직도 생생했다.

"이거 2년 전 생일 때 내가 찍어 준 건데."

다현은 새 악상이 떠오르면 제일 먼저 나에게 들려줬는데…. 이제 그런 날들이 아주 멀게 느껴졌다. 나는 유명 인플루언서가 기타를 치며 노래하는 영상을 다현에게 공유했다. 읽음 표시가 떴으나 답이 없었다. 용기를 내서 엄지를 빠르게 놀렸다.

> 얘 뭐임? 우리 다현이가 이것보다 100만 배는 더 잘 부르는데?!
>
> 내일 소풍 때 공원 배경으로 쇼츠 하나 찍을까?
>
> 너 기타 아직 있지? 하자하자! 우리도 100만 찍자!!

메시지 세 개를 연속으로 다다다 보내자 읽음 표시가 떴다.

> 뭐래ㅋ

"예쓰! 됐어!"

한참 뒤에 온 답장에 나는 환호했다. 비록 한 개지만 귀한 'ㅋ'이 붙어 있었다. 그때부터 우리는 엄지에 쥐가 나도록 메시지를 주고받았다. 다현과는 수다가 한번 시작되면 끝이 없었다. 물꼬가 트이자, 오늘 먹은 급식 평가부터 하교하는 길에 본 눈이 엄청나게 큰 강아지 이야기까지 시시콜콜 다 말했다. 내가 느낌표에 감탄사를 남발하면 다현은 답장으로 'ㅋ' 수십 개를 날렸다. 차라리 전화하는 게 나을 것 같아 메시지를 보냈다.

> 안 돼ㅠㅠ 엄마 아직 안 자. 나 공부하는 거 감시 중. 오빠 재수 학원 들어가고 더 심해졌어.

뜨끔했다. 분명 들은 것 같은데, 낯설었다. 옷에 정신 팔려 이렇게 놓친 이야기가 얼마나 많을지 생각하자 다현에게 더 미안해졌다.

> 우리 내일 좀 일찍 만나자!

내일 지하철역에서 보자마자 바로 무릎 꿇겠다고 사과 예고장을 날린 후, 계속 마음에 담고 있던 말을 덧붙였다. 소풍 끝나고 무조건 로데오 거리로 넘어가서 노래방 가자고.

> 메보 정다현 양, 데뷔각 좀 봐야겠어!

찹찹찹. 또 그 소리다. 나는 핸드폰을 머리맡에 놓고 귀를 만졌다. 귀마개를 하고 싶었지만, 내일은 절대 지각하면 안 되는 날이라 그 소리를 ASMR 삼아 잠을 청했다.

정체

 드디어 소풍 날, 나는 다현과 함께 놀이공원으로 향했다. 가는 내내 다현은 말하고 나는 들었다. 다현은 그동안 나랑 이야기하고 싶어서 입이 근질거려 죽는 줄 알았다며 잠시도 쉬지 않았다.
 한참 뒤, 다현이 눈을 동그랗게 떴다.
 "아, 미안. 나만 계속 말했네. 넌 어떻게 지냈어? 언니들은 아직도 너만 보면 계속 으르렁거려?"
 "언니들이야 늘 똑같지. 그사이 권력의 이동이 좀 있었지만."
 나는 말을 삼켰다. 다현과 사이가 다시 좋아졌는데, 옷 이야기를 하고 싶지 않았다. 10만 팔로워를 찍고 댓글이 수십 개씩 달리는 것도 좋긴 한데 지금보다 좋은지는 모르겠다. 옷이 따라다닌다는 말도 안 되는 이야기로 다현과 멀어지고 싶지 않았다. 내가 머뭇거리자, 다현이 주먹으로 내 어깨를 콩 때렸다.

"너 지금 자랑하고 싶어 죽겠잖아. 그냥 다 말해. SNS 들어가서 다 봤거든? 10만 팔로워 된 기념으로 오늘은 특별히 내가 다 들어 준다!"

"아냐, 그런 거 아니야. 오늘 그 이야긴 하지 말자! 소풍이라 준비한 게 얼마나 많은… 헉! 맞다!"

"왜?"

나는 손을 번쩍 들어 미안하다고 선 사과한 뒤, 슬며시 얘기를 꺼냈다.

"실은 나 협찬받은 게 있어서… 좀 이따 사진 찍어서 올려야 해."

"옷? 언니들이 그걸 허락했어?"

"옷은 아니고 신발. 진짜 내가 오늘은 옷 이야기 안 꺼내려고 했는데…. 화났어?"

"화 안 났어. 그리고 생각해 봤는데, 그날은 내가 좀 심했어. 네가 옷 좋아하는 거야 하루 이틀 일도 아니고, 너도 내가 노래 부르는 거 지겹도록 들어 줬는데. 서하늬! 너 나중에 유명한 디자이너 되면 나 잊지 마. 알았지?"

"디자이너?"

"너가 옷 좋아하는 거 작은언니처럼 되고 싶어서 그런

거 아니었어? 아, 큰언니가 롤모델인가? 글로벌한 패션 사업가?"

"… 생각해 본 적 없어."

그제야 10만 팔로워를 달성하고도 기분이 왜 이토록 차분했는지 깨달았다. 10만이란 숫자에만 매달렸지, 그다음이 없었다.

"하늬야? 무슨 생각해?"

"생각."

"엥?"

"내가 뭘 하고 싶은지 생각해 본 적이 없어. 그래서 이렇게 허무한가 봐. 다현아, 넌 네가 노래를 좋아한다는 거, 아니, 가수가 되고 싶다는 걸 어떻게 알았어?"

"그냥."

"아 좀, 성의 있게 말해 봐. 운명처럼 어느 날 촉이 딱 왔어? 노래가 자꾸 귀에 들린다든가."

"뭔 소리야. 노래가 왜 들려. 환청이냐."

"아니…"

슬쩍 고개를 돌려 뒤를 봤다. 옷은 여전히 내 뒤를 따라다니고 있었다. 옷이 따라다니는 게 무슨 계시나 운명 같은 건가. 넌 앞으로 세기에 길이길이 남을 디자이너가 될 테니 은총을 미리 준다, 뭐 이런? 그런데 나는 그런 은총을 바란 적이 없는데.

"뭔데?"

"아니야."

말을 삼켰다. 정리된 게 아무것도 없는 상태에서 다현에게 고민을 떠넘기고 싶진 않았다. 나한테 시작된 일이 뭔지 스스로 생각하고 정리할 시간이 필요했다.

"빨리 가자! 또 늦었냐고 쌤이 화내는 목소리가 벌써부터 들려."

"써하늬이! 크크크."

"야, 놀리지 마!"

우리는 티격태격하며 매표소 앞으로 뛰어갔다. 출석체크를 하고, 놀이공원에 들어갔다. 햇살은 쨍하니 좋은데 바람이 좀 많이 불었다. 머리카락이 너무 흩날려서 사진은 망했다 싶었는데, 다현은 바람이 또 불어 줘야 더 분위기 있게 나온다며 바닥에 붙어가면서 열징직으로 찍이 줬다.

한참을 찍은 끝에 협찬 업체가 흐뭇해할 만한 사진을 건졌다. 빠르게 업로드 후, 다현에게 답례로 점심을 샀다.

찹찹찹.

"아…."

또 그 소리다. 손으로 귀를 만지자, 다현이 물었다.

"가려워?"

"그냥 좀. 콜라 더 먹을래?"

지갑을 들고 주문하러 가다가 화들짝 놀랐다. 눈앞에… 염소가 있었다. 정확히는, 염소가 내 뒤로 이어진 엄청나게 긴 옷들 끄트머리에 서서 입을 오물거리고 있었다. 염소가 먹고 있는 것은 내 옷이었다.

'찹찹찹 소리가 저거였다니!'

심장이 멈춘 것 같았다. 아니면 너무 빨리 뛰어서 착각하는 건가. 너무 놀라는 바람에 내가 느끼는 감각이 맞는 건지 믿을 수가 없었다. 일단, 침착하자. 여긴 놀이공원이지. 사파리도 가까이에 있으니까 여기를 돌아다니는 녀석이 아닐까? 그런데 저건 분명 내 옷인데. 내 옷을 어떻게 염소가 먹고 있는 거지?

나는 몸을 왼쪽으로 틀었다. 보지 않으면 무시할 수 있을 것처럼. 그런데 몸을 돌리자마자 뼈가 굳는 것 같았다. 피부색이 짙은 소녀가, 다섯 걸음 앞에서 날 빤히 보고 있었다. 낡은 슬리퍼, 붉은색 티셔츠와 청바지 차림 위로 오렌지 빛깔의 천을 두르고 있었다. 소녀는 눈이 컸다. 그래서일까. 어떤 뜨거운 감정이 눈빛을 뚫고 나오는 것 같았다. 소녀의 머리 위에는 하얀 가루 같은 게 내려앉아 있었다.

'여긴 놀이공원이잖아. 노, 놀러 왔나 보지.'

외국인 관광객일 거라 여기며 애써 지나치려고 했다. 그런데 다시 보니, 소녀가 내 등 뒤로 늘어선 옷 하나를 꽉 붙잡고 있었다. 다현과 지하상가에서 샀던 바로 그 옷이었다.

내 옷을 먹는 염소, 내 옷을 잡은 낯선 소녀.

너무 놀라 허둥지둥 뒷걸음질 치는데, 뭔가에 딱 부딪혔다. 이번엔 또 뭔데…. 신음 소리를 흘리며 뒤를 돌아봤다. 다현이 놀란 눈으로 내 어깨를 잡고 있었다.

"하늬야, 너 얼굴이 너무 창백해. 괜찮아?"

"… 안 괜찮아. 다현아, 나 무서워."

장화와 홍련

 다현이 겉옷을 벗어서 내 어깨를 겹겹이 감쌌다. 몸이 사시나무처럼 떨렸다. 찹찹찹 소리는 계속 들리고, 시야의 끝에는 오렌지색 천이 보였다. 시선을 바닥에 고정시켰다.
 "저리 가. 제발 좀 가…."
 그러자 다현의 몸이 뒤로 움직였다. 나는 다급하게 다현의 옷을 꽉 잡았다.
 "아니, 가지 마. 너한테 한 말 아니야."
 "무슨 일이야. 왜 그래?"
 "그게, 진짜 말도 안 되는데…. 우리 지하상가에서 쇼핑한 날, 그날 집에 오는데…."
 옷이 보이기 시작한 순간부터 다 이야기했다. 이야기가 끝나고도 다현은 말이 없었다. 애 좀 미친 것 같다면서 가 버리면 어쩌지? 다현 없이 혼자 저 소녀와 염소를 마주할 자신이 없었다.

"거짓말 아니야. 관심 받고 싶어서 지어낸 것도 아니고. 진짜야."

나는 다현의 침묵이 버거워 급하게 말을 덧붙였다. 잠시 후, 다현이 침묵을 깨고 입을 열었다.

"…나라면 울었을 거야. 너무 무서워서."

"쫄아서 눈물도 안 나오더라."

나와 다현의 핸드폰이 동시에 울렸다. 우리 반 단체 메시지 방이었다. 놀이공원 입구로 모두 모이라는 담임의 공지였다. 어디 딴 데로 샌 사람이 없는지 확인하는 것이다. 나는 다현과 꼭 붙어서 입구로 갔다. 애들은 한데 모여 귀신의 집 재미있지 않았냐고 깔깔거리며 서로 재미있는 놀이 기구 정보를 공유했다. 담임이 너무 늦게까지 놀지 말라면서 공지 사항을 전달하는 사이, 다현이 내 귀에 속삭였다.

"야, 혹시 네 뒤에 그거 '장화홍련' 아니야?"

다현은 어릴 때 전래동화책에서 봤다면서 소곤소곤 장화홍련 이야기를 해 줬다. 옛날에 배 좌수가 장화와 홍련이라는 예쁜 딸을 낳았다. 그런데 자매가 어릴 때 부인인 장 씨가 죽어 배 좌수는 곧 다른 여자와 재혼했다. 시간이 흘러 장화와 홍련이 결혼할 나이가 되자, 계모는 혼

수 마련할 돈이 아까워 자매를 없애려고 음모를 꾸몄다. 장화는 누명을 쓰고 억울하게 죽었고, 홍련 역시 언니를 잃은 슬픔에 빠진 나머지 따라 죽었다. 시간이 흐르고, 그 마을에 부사로 부임한 자들이 밤마다 죽기 시작했다. 귀신이 나타난다는 소문에 그 마을 부사로 가려는 자가 없었는데, 어떤 용감한 부사가 나타났다.

"아! 나 이 이야기 알아. 장화랑 홍련이 그 용감한 부사한테 다 말해서 부사가 억울함을 풀어 줬잖아. 근데 그게 이거랑 무슨 상관이야?"

"염소랑 소녀."

"쟤들이 장화랑 홍련이라고? 말도 안 돼."

"비유하자면 그렇다는 거지. 너한테 뭔가 원하는 게 있어서 나타난 걸 거야."

"근데 그건 그냥 옛날이야기잖아."

나는 슬쩍 뒤를 돌아봤다. 염소는 여전히 찹찹찹 소리를 내며 옷을 씹고 있었고, 소녀는 옷들 사이에 서서 날 쳐다보고 있었다. 척추를 따라 오소소 소름이 돋았다. 다시 고개를 돌려 앞만 봤다. 무시하면 이기는 거라고, 속으로 되뇌었다. 이미 실패한 방법인데도, 매달릴 방법이라곤 그것밖에 없었다.

시계를 보니 오후 2시 10분이었다. 1년에 한 번뿐인 소풍인데, 내가 다 망친 것 같았다. 나는 애써 밝은 목소리를 끌어내며 말했다.

"우리 로, 롤러코스터 타러 갈까?"

"줄 너무 길어. 딴 학교에서도 소풍 와서 세 시간은 기다려야 해."

"그럼 다른 거 타면 되지."

"됐거든? 그냥 우리 아지트 가자. 매운 거 먹으면 스트레스 좀 풀릴 거야."

다현은 나를 끌고 놀이공원을 나갔다. 이동하는 내내 내가 딴생각하지 못하게 연예인 이야기, 옆 반에 전학 왔다는 잘생긴 남자애 이야기 등을 쉴 새 없이 말했다. 나는 고개를 열심히 끄덕이며 다현의 이야기에 집중했다.

지하철에서 내리자마자 응급실로 달려가듯 자주 가는 떡볶이 집으로 갔다. 힘든 일에 떡볶이만큼 강력한 처방제가 없다는 건 오랜 경험에서 나온 방법이었다. 하지만 오늘은 그것도 통하지 않았다. 한참을 오물거렸는데도 떡이 목구멍으로 넘어가질 않았다. 귀에 꽂히는 찹찹찹 소리 때문이었다.

"계속 보여?"

다현이 걱정스러운 얼굴로 조그맣게 물었다. 나는 고개를 끄덕였다.

"떡볶이도 안 먹힐 거라곤 생각을 못 했는데."

안 되겠다며 노래방과 네 컷 사진은 다음에 가기로 하고 오늘은 집에 가자며 다현이 화통하게 말했다.

"사진은 이런 날일수록 안 돼. 귀신이 나와도 끔찍하고, 안 나오면 더 짜증 날 테니까."

"끔찍한 건 그렇다 쳐도, 사진에 귀신이 안 나오는데 짜증이 왜 나?"

"너만 보니까. 난 볼 수 없으니까."

다현이 너무 진지하게 말해서 토를 달 타이밍을 놓쳤다. 다현은 목이 칼칼해서 오늘 같은 날은 목을 쓰면 안 될 것 같다면서 갑자기 기침을 하기 시작했다. 얘는 나중에 가수는 해도 배우는 못 하겠네. 새삼 놀랍도록 어색한 발 연기였다.

다현은 우리 집까지 나를 바래다줬다.

"나 오늘 그냥 너네 집에서 자고 갈까? 엄마한테 말해 볼게."

"아냐. 너 이따 밤에 또 과외 있다며?"

"아 몰라. 째면 되지. 오빠가 수능 망친 걸 왜 나한테 풀어? 난 공부 쪽은 진짜 아닌데."

"오늘은 그냥 가. 나 너네 엄마한테 찍히면 앞으로 너랑 못 논다고."

"이따 무슨 일 있으면 꼭 전화해! 알았지?"

나는 고개를 끄덕인 뒤 다현을 보냈다. 다현은 몇 번을 뒤돌아본 뒤에야 겨우 발을 돌렸다. 숨을 크게 들이마시고, 현관문을 열었다. 엄마는 고객과 저녁 약속이 있어 늦는다고 했고, 언니들은 자꾸 불량을 보내는 공장과 담판 지으러 가서 집에는 아무도 없었다. 아빠는 오늘도 12시쯤에나 들어올 텐데, 지금이라도 다현한테 잠깐이라도 더 있어 달라고 할까 하다가 핸드폰을 내렸다. 당장은 무서움이 가실지 몰라도 이건 어차피 나한테만 보이니 내가 해결해야 할 문제였다.

나는 오렌지색 천을 어깨에 두른 소녀에게 처음으로 말을 걸었다.

"저기, 너도 내가 보, 보이지?"

"…"

말을 못 하나? 아니면 상화홍련 같은 게 아닌가. 뭐든 좀 알고 싶어서 나는 소녀를 빤히 봤다. 자세히 보니 색색의 실 조각이 소녀가 두른 천과 옷 곳곳에 붙어 있었다. 내 옷을 꽉 잡고 있는 손가락도 무언가에 물든 것처럼 까맸다.

"혹시… 나한테 하고 싶은 말 있어?"

그러자 소녀가 옷 사이로 지그재그 움직이며 한 걸음

씩 다가왔다. 뒷걸음질 치고 싶었지만, 주먹을 꽉 쥐고 참 았다. 소녀는 내가 겁먹은 걸 눈치챈 건지, 세 걸음쯤 앞에서 멈춰 섰다. 그러고는 머리카락과 옷에 묻은 먼지를 모아 야상 점퍼 뒤에 글씨를 썼다.

"1134?"

네 자리 숫자면 비밀번호인가? 아니면 11월 34일? 뭐지? 소녀가 숫자를 검지로 톡톡 두드렸다. 나는 손을 뻗어 그 숫자를 만졌다.

그때였다. 순식간에 주위가 까맣게 변했다.

1134

 이른 아침, 샤히나는 의류 공장으로 출근을 서둘렀다. 걷는 내내 옷 무덤에서 나는 악취 때문에 코를 싸쥐었다. 원래는 맑은 물이 흐르는 운하였던 곳이 이제는 옷을 만들고 남은 자투리 천과 버려진 옷 쓰레기로 가득했다. 하늘은 검은 연기로 뒤덮여 있고, 강 역시 몰래 버린 염색 염료로 까맸다. 강에서는 물고기가 더는 잡히지 않아 어부들은 거리로 나앉았고, 뱀이나 개구리 새끼가 태어나도 바로 죽었다.
 다카에 사는 사람들은 일할 곳이 이곳 의류 공장밖에 없었다. 열다섯 살인 샤히나가 공장에서 일하는 건 불법이었지만, 사장은 법을 어기는 걸 두려워하지 않았다. 그는 힘 있는 사람들과 친했다.
 의류 공장은 나무토막을 아무렇게나 쌓아 올린 것처

럼 울퉁불퉁했다. 허가도 없이 건물을 막무가내로 증축하는 바람에 저렇게 이상한 생김새가 됐다. 출근 카드를 찍고 공장으로 들어가니, 직원들이 웅성거리고 있었다. 샤히나는 그중 키가 제일 크고 머리를 뒤로 땋은 레쉬마에게로 걸어갔다. 열아홉 살인 레쉬마는 돈이 없어 점심도 굶고 일하는 샤히나에게 자신의 점심을 나눠 줬다. 샤히나는 레쉬마를 언니처럼 따랐다.

"언니, 어제보다 벽에 있는 금이 더 늘어난 것 같은데? 그사이 무슨 말 없었어?"

"벽면 일부가 깨져서 그런 거니까 신경 쓰지 말래."

조용조용 말하는 레쉬마의 미간이 좁혀져 굵게 주름져 있었다.

샤히나와 레쉬마가 일하는 공장은 건물의 위쪽이었고, 아래쪽은 상가였다. 사람들이 자꾸 찾아와서 건물이 곧 무너질 것 같다고 해서 상점과 은행은 어제부터 운영을 중단했다. 지지 기둥들에 금이 간 게 소문이 퍼져 한 TV 프로그램에서 취재를 왔다는 말까지 돌았다. 심지어 건축 설계사가 와서 사람들을 당장 내보내라고 했다고 한다. 직원들이 술렁였다.

"반장이 저게 '일부'가 깨진 거라고 했다고? 세상에, 눈이 발에 달린 거 아니야?"

"어쩌겠어. 우리가 예민한 거라고 몰아세우는데. 심지어 재검했더니 건물이 안전하다고 했대."

"누가 검사했는데?"

"몰라. 그런 건 말 안 해 줬어."

"…"

지금이라도 몸을 돌려 집으로 돌아가고 싶었다. 하지만 샤히나에게는 선택권이 없었다. 엄마가 동생을 낳고 세상을 떠난 뒤로 아빠는 까우란 시장에서 물건을 날랐고, 남동생은 세차장에서 차를 닦았다. 월급으로 받는 건 고작해야 점심 때 먹는 망고가 전부인데도 남동생은 학교도 안 다니고 일하러 갔다. 아빠, 남동생, 샤히나까지 셋이 열심히 일하는데도 월세가 밀렸다.

샤히나는 꿈이 많은 소녀였다. 학교도 다니고, 인터넷이 되는 핸드폰도 사용하고, 화장실도 원할 때 언제든 맘 편히 가고 싶었다. 하지만 공장에 들어가는 순간부터 화장실 가는 것도 눈치 보였다. 공장 반장은 화장실에 자주 가는 직원들 이름을 수첩에 적었다. 월급에서 뺄 거라면서. 반장이 그런 짓까지 할 수 있는 건 모두 사장의 지시가 있어서였다. 샤히나를 비롯한 소녀들의 이야기를 들어주는 사람은 아무도 없었다.

옷이 좋아서 공장에서 일하는 소녀들은 없었다. 샤히

나도 돈이 아니라면 공장에서 일하지 않았을 거라고 늘 생각했다. 빨리 돈을 많이 벌어서 가족과 함께 다카를 떠나는 게 샤히나의 꿈이었다. 옷을 만지는 것만 아니라면 어떤 일이든 할 수 있을 것 같았다.

"안 되겠어. 다시 가서 말해 보자."

"나도 같이 가, 언니."

샤히나는 레쉬마와 함께 반장에게 갔지만, 한마디도 꺼내지 못했다. 그는 아침부터 날이 서 있었다.

"거기, 빨리빨리 일 안 해? 오늘 작업량 못 채우면 야근이라고 했어, 안 했어!"

레쉬마가 샤히나의 손을 꼭 붙잡고 가늘게 목소리를 냈다.

"저기, 반장님, 기둥에 금이 더 늘었…."

"금이 뭐? 네가 건축 설계사야? 방송국 PD야? 네가 뭔데 저게 금이니 마니 판단해!"

반장은 그들의 말을 들어 주지 않았다.

"약속한 날짜까지 배송 마쳐야 해. 잔말 말고 일해! 계속 징징거리고 일 안 하겠다고 꾀부리면 월급도 없어! 알아들어?"

그는 공장 직원들에게 항상 화를 냈다. 직원들이 열네 시간씩 꼬박꼬박 일하는데도 성에 차지 않아 했고, 오히려 농땡이를 피운다고 생각했다. 하지만 샤히나를 비롯한 소녀들은 쉬지 않고 일했다. 한 달에 몇 번은 새벽 3시 반까지 일하기도 했다. 며칠 전만 해도 반장이 집에 가지 못하게 통행증을 빼앗고 문을 잠가 버렸다.

"벽에 금 가는 소리를 들은 사람도 있어요."

"해고당하고 싶어? 잘리고 싶냐고!"

"…"

"아무 생각하지 말라 그랬지? 어? 꼭 무식한 것들이 아무것도 모르면서 생각 같은 걸 많이 하니까 이 모양이지. 아무 소리 말고, 손이나 빨리 움직여!"

반장이 손에 든 몽둥이로 보란 듯이 건물 기둥을 퍽퍽 쳤다. 샤히나와 레쉬마의 몸이 움찔했다. 얼마 전 몽둥이로 맞은 자리에 멍이 아직 남아 있었다. 그들은 반장이 무서웠다.

샤히나와 레쉬마는 어깨를 웅크리고 다시 제자리로 가서 일을 시작했다. 오렌지빛 천이 자꾸 어깨 아래로 흘러내려 거치적거렸지만, 신경 쓰지 않으려고 노력했다.

퍼엉!

몇몇이 놀라 짧은 비명을 질렀다. 이어지는 굉음이 너무 커서 어디서 들린 건지 분명하지 않았다. 순식간에 사방이 어두워졌다. 공장이 한창 돌아가야 할 아침에 정전은 드문 일이었다. 반장이 계단 쪽으로 달려가고 얼마 있지 않아 다시 불이 들어왔다. 위층에 있는 발전기를 가동한 것이다.

반장의 닦달에 재봉틀이 다시 드르르륵 돌아갔다. 직원들이 더 빠르게 손을 움직였다. 빨리 끝내고 집으로 돌아가고 싶다는 눈치였다. 하지만 샤히나는 재봉틀을 돌리지 않았다. 이대로 걸어 나가 집으로 가고 싶었다. 레쉬마와 눈이 마주쳤을 때 그녀 역시 자신과 같은 마음이라는 걸 느꼈다.

곧이어 엄청난 굉음과 함께 주위가 흔들리기 시작했다. 지진인가 싶은 순간, 떨어진다고 외치는 소리가 멀리서 들렸다. 엘리베이터가 갑자기 곤두박질치는 것처럼 모든 게 아래로 떨어졌다.

꿈★은 이루어진다

 눈을 떠 보니, 주위가 어두웠다. 나는 침대에 누워 있었다.

 조금 전의 일은 모두 꿈이었을까? 시간은 언제 또 이렇게 흐른 거지? 창문으로 들어오는 달빛이 샤히나의 몸을 통과해 은은하게 빛나고 있었다. 침대 위에 걸터앉은 샤히나의 옷자락이 손에 잡힐 듯 가까웠다. 나는 무의식적으로 손을 뻗었다가 뜨거운 것에 데이기라도 하듯 자리에서 일어났다.

 "… 너, 건물이 무너져서 죽은 거야?"

 샤히나는 고개를 끄덕였다.

 며칠 전 허둥대다 넘어져서 무릎이 까졌을 때 보건 선생님이 바로 치료해 줬는데도 한동안 상처 부위가 쓰라렸다. 그런데 샤히나는 건물 잔해에 깔려 죽었다. 얼마나 아프고 무서웠을지 짐작조차 할 수 없었다.

"네가 적어 준 '1134'가 설마… 네가 겪은 일과 관련이 있는 거야?"

샤히나가 고개를 세차게 끄덕였다. 샤히나는 내 말을 알아들을 순 있지만 말은 할 수 없는 것 같았다.

핸드폰을 보니, 새벽 1시가 넘어 있었다. 가족들은 모두 자는지 집이 조용했다. 자리에서 일어나 방 불을 켰다. 샤히나를 위해서였다. 그런 일을 겪었으니 어둠이 무서울 것 같았다. 나는 검색창에 '다카 붕괴'를 쳤다.

2013년 4월 24일 오전 8시 45분. '1134'는 그날 방글라데시 수도 다카의 한 의류 공장 건물에서 죽은 사람의 수였다. 어떤 사이트에서는 사망자 수가 1136명이라고 했고, 어떤 사람들은 1135명이라고 했으며, 누구는 또 1129명이라고 했다. 공식 집계라고 주장하는 숫자는 매번 바뀌었다. 어떻게 일어난 지 10년이 넘은 사건의 사망자 수가 고무줄처럼 늘었다 줄어드는지 알 수 없었다. 더 놀라운 것은, 이렇게 많은 사람이 죽었는데도 진심을 담은 사과는 어디에도 없었다. 공장 사장은 그건 균열이 아니었다면서 사람들이 과장한다고 주장했고, 공장에 일을 맡겼던 패스트 패션 브랜드 측은 자신들과 관련 없는 일이라며 선을 그었다. 몇몇 사람이 목소리를 높여 노동자들이 안전한 환경에서 일할 수 있어야 한다고 이야기했지만 세상에는 많은 일이 일어났고, 방글라데시는 멀었고, 사람들은 잊었다. 슬프고 가슴 아픈 사건이 일어났음에도 불구하고 열악한 환경은 변하지 않았다. 그리고 나는 불과 몇 시간 전까지 이런 일이 있었다는 것도 몰랐다. 싸게 사고 쉽게 버린 옷에는 샤히나 같은 소녀들의 피가 묻어 있었다.

그런데 샤히나는 왜 나를 찾아온 걸까? 다현이 말해 준 장화홍련 이야기가 다시금 떠올랐다. 장화와 홍련은 억울함을 풀고 싶어서 부사가 부임할 때마다 끈질기게 찾아갔다.

"혹시…. 내가 처음이 아니야?"

샤히나는 고개를 끄덕였다. 문득 샤히나가 입은 붉은 티셔츠가 눈에 들어왔다. 왜 익숙해 보이나 했더니 예전에 한국에서 월드컵이 열렸을 때 사람들이 입었던 응원복이었다. 한글이 쓰인 응원 유니폼이 어쩌다 흘러 흘러 그곳까지 가게 된 걸까. 나는 내가 태어나기도 전에 만들어진 티셔츠에 쓰인 글자에서 눈을 뗄 수가 없었다.

꿈★은 이루어진다.

"혹시 그날 죽기 전 네 마지막 꿈이…"

나는 말을 채 끝맺지 못했다. '꿈'이라는 말을 붙이면 안 될 것 같았다.

"거기서 만들어지는 옷을 산 사람들이 그날 일을 알기를 바란 거지?"

샤히나가 고개를 크게 끄덕였다. 이 옷을 산 사람들이 우리의 죽음을 알았으면…. 그것이 샤히나가 죽어가면서 기도한 마지막 바람이었다.

하지만 이게 다 무슨 소용일까. 내 뒤에 늘어선 옷, 나를 따라다니는 소녀는 내 눈에만 보이는데. 이 기묘한 일을 증명할 방법이 없는데. 게다가 난 그림 재주도 없고 글재주도 없었다. 억울하게 죽은 장화와 홍련이 찾아간 곳은 그 고을의 부사였다. 힘 있는 사람이었다.

"샤히나, 정말 미안한데, 내가 할 수 있는 게 없어. 너 사람 잘못 골랐어. 난 아무것도 아니야. 이런 걸 전문적으로 조사하는 기자나 힘 있는 사람한테 가지 그랬어."

말로 뱉고 보니, 내가 정말 아무것도 아니어서 민망했다. 샤히나의 입꼬리가 옅게 올라갔다. 그 씁쓸한 미소를 보는 순간, 아까 검색하면서 본 짧은 기사가 떠올랐다. 의류 공장 건물 잔해에 갇혀 있다가 17일 만에 구출된 소녀의 이야기를 그린 영화 상영을 법원에서 금지했다는 기사가. 몇몇 장면이 지나치게 잔인하고 공포스러워 의류 산업 노동자들에게 부정적인 영향을 줄 수 있다는 노조 간

부의 상영 금지 청원을 받아들였다는 내용이었다.

샤히나는 폐허가 돼 버린 자리에 남지 않고, 자신이 죽은 자리를 두 발로 박차고 나왔다. 그 후 얼마나 먼 길을 걸어 온 것일까? 그렇게 걸어서 도착한 곳에서 사람들을 따라다니며 뒤를 돌아봐 주기를, 자신의 이야기를 알아주기를 또 얼마나 오랫동안 기다렸을까. 그런데.

"모두 무시했구나? 다들 모른 척했구나."

샤히나는 슬픈 얼굴로 고개를 끄덕였다. 어쩌면, 그날 목숨을 잃은 수많은 소녀가 샤히나처럼 각기 다른 곳에서 누군가를 붙잡고 말하고 있지는 않을까. 가슴이 저릿했다. 꿈속에서 공장 반장이 소리쳤던 말이 다시금 떠올랐다. 생각하지 마라. 아무 소리 말아라. 손만 빨리 움직여라.

샤히나가 지금처럼 옷 뒤에 서서 누군가의 등 뒤를 따라다니게 된 이유는, 어쩌면 소망 때문이 아니라 지독한 후회 때문이 아닐까. 건물 기둥에 간 금을 보고도 더 집요하게 생각하지 못해서, 아무 말도 하지 못하고 그 자리를 박차고 나가지 못한 게 가슴에 오래도록 멍처럼 남은 건 아닐까. 사람들의 날 선 댓글에 상처 받고 첫 번째 SNS 계정을 없애 버린 이후, 멈췄던 생각이 꿈틀거리기 시작했다.

'위시하니'라는 이름으로 올린 게시물 속의 나는 내가 아닌 다른 사람 같았다. 그래서 10만 팔로워를 달성했을 때 제이빈처럼 자신감이 차오르지도 않았고, 내가 가는 길이 맞다는 확신도 들지 않은 채 뜨뜻미지근했다. 얼굴도 모르는 사람들한테 또다시 공격받을까 봐 게시물에는 예쁜 사진만 가득했지, 사진 아래 어떤 생각도, 말도 없었다.

구체 관절 인형처럼 예쁜 옷을 갈아입으며 예쁘게 찍는 사진만으로는 행복해질 수 없었다. 내가 진짜 원하는 건 내 생각과 소망과 감정, 그 모든 것들을 애써 꾸미려 하지 않고 날것으로 보여 주는 것이었다. 설사 그것이 사람들로부터 호응을 받지 못하고, '좋아요'도 받지 못하더라도.

그 순간, 그간 나를 옥죄고 있던 보이지 않는 밧줄이 툭 끊어지는 게 느껴졌다. 명치가 후끈해졌다. 나도 진짜 나만의 소리를 다시 내고 싶어졌다.

"네가 왜 나한테 왔는지 알 것 같아."

나는 샤히나에게 첫 번째 계정과 얽힌 이야기를 모두 했다. 다현에게도 하지 못한 이야기들이었다. 뭘 어떻게 하겠다는 비장한 각오도 없이 그저 주저리주저리 말했다.

한참을 말한 후, 나는 멋쩍게 덧붙였다.

"그래서 나도 너랑 같아. 나도 너처럼 생각하고, 소리를 내는 게 두려웠어."

샤히나의 눈이 나를 응시했다. 사실, 내가 앞으로 무엇을 할 수 있을지 모르겠다. 난 공부도 그럭저럭인 평범한 중학생인데. 다른 사람들과 다른 게 있다면 나는 샤히나를 똑바로 마주 봤고, 물었고, 들었다는 것이다.

"나 하나로도 괜찮아?"

샤히나가 고개를 푹 숙였다. 고개를 끄덕였다고 믿고 싶었지만, 샤히나는 다시 고개를 들지 않았다. 잠시 후 뚝 떨어진 눈물이 허공에서 사라졌다. 나는 샤히나를 꼭 안고 위로해 주고 싶었지만, 잡을 수조차 없었다.

하늬바람

"근데, 저 염소는 뭐야?"

염소는 여전히 찹찹찹 소리를 내며 내 옷을 열심히 씹고 있었다. 얼마 있지 않아 염소가 먹던 옷 하나가 감쪽같이 사라졌다. 깜짝 놀라 옷장을 열어 봤다. 옷장 속 옷은 그대로였고, 내 뒤를 따라다니던 옷의 형체만 사라진 것이었다.

생각할수록 이상했다. 옷의 행방에 대해 뭐 좀 아는 게 있느냐며 샤히나 쪽으로 고개를 돌렸다. 등 뒤에서 까치발을 들고 옷장을 함께 살펴보던 샤히나는 자신도 모르겠다는 듯 어깨를 으쓱했다.

"저 녀석이 네가 키우던 염소는 아니라고? 그럼 혹시 오다가다 밥을 주던 염소였어?"

나는 아침마다 밥을 챙겨 주는 까미 이야기를 하면서

가방에 주섬주섬 고양이용 간식과 참치 캔을 챙겼다. 샤히나는 그런 걸 처음 본다는 듯한 신기한 표정으로 바라봤다. 나는 표정과 고갯짓, 간단한 손짓으로 샤히나와 이야기했다. 샤히나의 몸짓을 집중해서 보고 스무고개를 하듯 답을 찾아갔다.

"다카엔 사람이 너무 많아서 염소가 살 곳이 없었다는 거지? 흠, 그럼 쟤는 뭘까."

침대에 올려 둔 핸드폰이 몸을 떨기 시작했다. 기상 알람이었다. 밤새 검색을 했더니 눈이 좀 뻑뻑했지만, 다시 잘 순 없었다.

> 다현아 7시 30분에 운동장에서 보자!
> 날 따라다니는 소녀에 대해 말해 줄게!

메시지를 남기고 교복으로 갈아입었다. 아침밥도 거르고 집을 나와 까미에게 챙겨 온 간식을 줬다. 혹시나 하는 마음에 미련을 버리지 못하고 또 물었다. 내 뒤에 누가 보이지 않느냐고. 까미는 내 뒤쪽은 쳐다보지도 않은 채 오로지 간식에만 집중했다.

"근데 너, 요즘 살찐 것 같다? 솔직히 말해 봐. 아침은 나한테 얻어먹고, 점심은 다른 데 가서 먹는 거지? 누구야? 날 두고 누구랑 또 꽁냥꽁냥하는 거야?"

샤히나가 까미 쪽으로 천천히 손을 뻗었다. 까미의 머리를 쓰다듬고 싶은 것 같았다. 그런데 샤히나의 손이 머리에 닿자마자 까미가 소스라치게 놀라더니, 몸을 낮추고 꼬리를 바짝 세우며 "캬악!" 소리를 내고는 간식도 버리고 도망가 버렸다.

우리는 벙찐 얼굴로 저 멀리 뛰어가는 까미의 뒷모습 바라봤다. 까미가 완전히 사라지자 무거운 정적이 내려앉았다. 까미는 샤히나를 보지 못했지만 손길은 느낀 것이다. 그리고 두려워했다. 몹시.

"어, 그렇지! 정전기 났나 보다. 그래서 놀랐나 봐!"

무거운 공기를 흐트러뜨리며 말했지만, 샤히나의 표정은 어두웠다. 아무래도 상처받은 것 같았다. 나는 학교로 가는 내내 까미가 나한테도 하악질을 한 적이 있다고 말하며 샤히나를 위로했다. 하지만 샤히나의 고개는 걷는 내내 상가 통유리 쪽을 향해 있었다. 내 모습은 유리에 비쳤지만, 샤히나는 보이지 않았다. 샤히나는 새삼 자신이 어떤 상황인지 깨달은 것 같았다.

굳이 물어보지 않았지만, 샤히나가 어떤 마음일지 어렴풋이 알 것도 같았다. 내가 10만 팔로워를 달성하고 난 뒤에야 진짜로 원하는 게 뭔지 생각하기 시작한 것처럼, 샤히나도 누군가에게 자신의 이야기를 전하고 싶다는 간

절한 소망을 이룬 지금, 자신이 진짜로 원하는 게 뭔지 '그다음'을 생각하고 있는 건 아닐까? 계속 이렇게 쓸쓸하게 누군가의 뒤를 따라다니고 싶지는 않을 테니까.

학교에 도착하자마자 나는 다현을 만나 꿈속에서 듣고 보고 겪은 일을 모두 이야기했다. 고개를 끄덕이며 듣던 다현이 핸드폰을 불쑥 내밀었다.

"네가 말한 염소, 혹시 얘랑 닮았어?"

염소가 옷 조각을 질겅질겅 씹는 사진이었다.

"어 맞아! 이렇게 먹어! 참참참거리면서! 이거 어떻게 찾았어?"

사진을 찍은 곳은 아프리카 가나였다. 그곳 역시 샤히나가 사는 곳과 다르지 않았다. 세계 여러 나라에서 보낸 헌 옷들이 높은 언덕을 만들고 있었다. 마을 바로 옆에 만들어진 거대한 옷 무덤 위에서 염소들이 풀이 아닌 합성 섬유 조각으로 배를 채우고 있었다.

예비 종이 울려서 우리는 교실로 들어갔다. 핸드폰을 제출하고 수업이 시작됐지만 사진 속 모습이 머릿속에서 떠나질 않았다. 염소가 옷을 먹는 걸 처음 봤을 땐 참 이상한 녀석이라고만 생각했다. 그런데 왜 그럴 수밖에 없는지 알게 되자 더는 '이상한 녀석'이라며 넘길 수가 없었.

헌 옷 수거함에 버리고 온 옷들이 어디로 가는지 생

각해 본 적이 없었다. 그 옷이 필요한 사람에게 가겠거니, 막연하게 생각했는데 염소들이 먹고 있었다니. 계절이 바뀔 때마다 하는 대청소 날, 엄마한테 등짝 스매싱 맞기 전에 나는 충동적으로 사 놓고 안 입는 옷들을 자진해서 내놓았다. 작년 겨울엔 언니들과의 가위바위보에 져서 내가 대표로 헌 옷이 담긴 커다란 쇼핑백을 헌 옷 수거함에 가져다 버리기도 했다.

생각에 빠져서 종이 친 줄도 몰랐다. 다현이 내 자리로 와서 왜 그렇게 울 것 같은 표정이냐고 물었다. 아무것도 아니라고 했지만, 계속 묻길래 기어들어 가는 목소리로 대답했다.

"샤히나도 염소도 나한테 벌주러 나타난 것 같아. 내가 생각 없이 옷을 사는 바람에 이렇게 됐다고 보여 주려고."

내 뒤로 따라다니는 옷을 잡으면 바로 바꿔 입을 수 있다는 데 신이 나 모델이니 어쩌니 했던 모습을 떠올리자, 얼굴이 화끈거렸다. 자책감으로 뒤쪽은 쳐다보지도 못했다.

다현이 잠깐 일어나 보라며 내 손을 잡고 교실 뒤쪽으로 이끌었다. 그러고는 게시판에 장식품처럼 붙어 있는 세계 지도를 가리켰다.

"지도는 갑자기 왜?"

"넌 '하늬'잖아!"

"그게 뭐?"

"네가 맨날 입버릇처럼 말했잖아. 높새는 동쪽, 마파람은 남쪽, 하늬는 서쪽이라고."

언젠가 다현에게 내 이름이 특이한 이유를 말하며 언니들 이름의 유래까지 썰을 푼 적이 있었다. 이제 북풍만 채워지면 우리는 동서남북을 지배하는 완벽한 자매 히어로즈가 되는데, 엄마 아빠가 영 막내를 만들 생각이 없다는 이야기까지 덧붙이면서. 다현은 배를 잡고 웃었다.

다현이 내 손을 잡아 검지로 우리나라를 콕 찍게 했다. 그러고는 내 손을 오른쪽에서 왼쪽으로 쭉 이동시키다가 우뚝 멈췄다. 멈춘 그곳에 방글라데시가 있었다. 다현이 입술을 동그랗게 오므리고 입바람을 후우- 불며 내 손가락을 다시 우리나라 쪽으로 옮겼다. 손가락에 다현의 입바람이 닿아 간질간질했다.

"샤히나는 서쪽에서 부는 바람, 즉 하늬바람을 타고 온 거지. 너한테."

말도 안 된다며 손가락을 내렸지만, 나는 세계 지도에서 눈을 뗄 수가 없었다. 그러다가 정말로 그런 거냐고 묻는 눈으로 뒤쪽을 봤다. 샤히나도 다현의 말에 놀란 듯

뚫어지게 지도를 쳐다봤다. 만약 그런 거라면, 우리의 만남은 어쩌면 운명일지도 모른다.

하늬바람을 타고 샤히나가 나에게 왔다. 플러스로 염소도.

해결책

"엄마, 내 이름을 왜 하늬로 지었어?"

"갑자기 이름은 왜? 누가 이름 갖고 놀려?"

"그냥. 특별한 뜻이 있나 싶어서."

샤히나 때문이라고는 말하지 못했다. 엄지를 밀어 다른 쇼츠로 넘기듯 화제를 돌렸다.

"엄마는 내가 뭐가 됐으면 좋겠어?"

"뭐 되고 싶은 거 있어?"

"하고 싶은 건 많은데, 뭐가 되고 싶은진 모르겠어."

엄마는 내 머리카락을 귀 뒤로 넘겨 주면서 말했다.

"우리 막내는 이름처럼 살아. 서쪽은 사람들이 잘 안 보잖아. 해 뜬다고 죄다 동쪽이 어쩌고저쩌고하지. 넌 다르게 살아."

"그냥 다르게만 살면 돼?"

"다르게 사는 것도 엄청 힘든 거야."

엄마의 응원을 받으니 자존감이 충만해지는 것 같았다. 생각해 보니, 제이빈처럼 100만 팔로워를 만들지 않아도 난 이미 사랑받고 있었다. 말로는 구박하지만 은근 내 편인 무섭고 못된 언니들과 내가 제일 좋다는 아빠, 언제나 날 응원하는 엄마, 그리고 온종일 수다 떨 수 있는 친구 다현까지 모두가 나를 좋아했다. 나를 모르는 낯선 사람들에게 하트를 받는 것보다 진짜 내 모습을 좋아해 주는 가족과 친구들의 사랑이 100만 배는 더 좋았다.

룰루랄라 가볍게 몸을 돌리는데, 샤히나가 거실 한쪽에 가로등처럼 서 있는 게 눈에 들어왔다. 샤히나의 눈은 TV 앞 액자에 고정돼 있었다. 내가 초등학교 졸업 때 찍은 가족사진을 비롯한 여러 사진이 진열돼 있었다. 샤히나는 엄마가 나를 뒤에서 꼭 안고 활짝 웃고 있는 사진에서 눈을 떼지 못했다. 샤히나의 엄마는 오래전에 돌아가셨다고 했다.

나는 내 방문을 가리키며 손짓한 뒤 자리를 옮겼다. 방문을 꼭 닫고 샤히나에게 조그맣게 물었다.

"엄마 보고 싶구나?"

샤히나가 눈을 바닥으로 내리깔고 고개를 끄덕였다.

"내가 어떻게 하면 돼? 어떻게 해야 네가 엄마를 만나러 갈 수 있어?"

샤히나는 모르겠다는 표정으로 고개를 가로저었다. 자신의 죽음을 알리고 싶다는 간절한 바람으로 나에게 모습을 드러낼 수 있게 됐지만, 이 모든 건 샤히나의 계획이 아니었다. 뒤에 따라다니는 염소조차 샤히나와는 관련이 없었으니까.

어쩌면, 우리가 알지 못하는 어떤 존재가 샤히나와 같은 소녀의 바람에 힘을 실어 준 것은 아닐까? 가서 알리라고. 너의 응어리를 풀라고. 나는 고개를 위로 들어 보이지도 않고 알 수도 없는 누군가를 향해 말했다.

"이제 샤히나를 보내주세요. 엄마를 보러 갈 수 있게."

기다렸지만, 아무 일도 일어나지 않았다. 내 시선은 텅 빈 허공을 더듬었고, 목소리는 어디에도 닿지 못하고 흩어졌다. 샤히나를 여기까지 이끌어 준 힘이 무엇이든 이렇게 해서는 통하지 않겠구나 싶었다.

"방법을 찾아보자. 내가 널 꼭 자유롭게 해 줄게!"

의지를 다지는데, 멀리서 드르렁드르렁 코 고는 소리가 들렸다. 우리는 고개를 돌려 뒤쪽을 봤다. 꽈배기처럼 꼬불꼬불 꼬여 있는 옷 줄 끝에서 염소가 꾸벅꾸벅 졸고 있었다. 옷을 너무 많이 먹어서 배가 부른 건가. 아니면 동물도 춘곤증이 있나? 한가롭게 공상하다 번뜩 아이디어가 솟았다.

"염소! 저 염소가 옷을 하나 먹었잖아? 너랑 염소는 사는 곳도 다르고 전혀 상관이 없는데 같은 줄에 서 있고! 너희 둘의 공통점은 내 옷이야! 내가 가지고 있는 옷을 없애면 너도 혹시 여기서 벗어날 수 있지 않을까?"

샤히나가 내 옷 하나를 꺼내서 말아쥐더니 자고 있는 염소를 톡톡 건드렸다. 샤히나는 화들짝 놀라며 깬 염소에게 입을 벙긋거리면서 옷을 내밀었다. 그러자 염소는 무심한 눈으로 옷을 씹기 시작했다.

"잠깐. 염소한테 그렇게 줘도 되는… 샤히나! 신발! 밑에 봐!"

샤히나의 운동화 끝이 살짝 흐릿해져 있었다. 염소가 답이었다며 우리는 폴짝폴짝 뛰었다. 그때부터 샤히나와 나는 한 조가 돼 최대한 부드러운 소재의 옷을 골라서 염소에게 줬다. 그런데 시간이 지날수록 염소의 고개가 점점 아래로 떨어졌다.

"염소 눈이 좀 충혈된 것 같지 않아? 몸이 안 좋아 보이는데."

내 말이 끝나기가 무섭게 염소가 와르르 토했다. 소화되지 않은 옷 조각들이 엉켜서 나왔다.

"샤히나, 염소가 아픈 것 같아."

샤히나는 금방이라도 울 것 같은 표정을 하고 몸을 낮춰서 염소를 꼭 안았다. 우리의 소원을 이루자고 염소에게 몹쓸 짓을 했다는 생각에 마음이 무거웠다.

"염소야, 너 이제 옷 먹지 마. 내가 다른 방법을 찾아볼 테니까. 야! 먹지 말래도!"

샤히나가 옷을 빼앗아서 말렸지만, 염소도 고집이 대단했다. 염소는 옷 사이사이를 돌아다니면서 옷을 씹어댔다. 씹고 토하고 씹고 토하는 사이 새벽 2시가 넘어갔다. 부엌에서 급한 대로 방울토마토를 가져와 염소를 유혹하며 다른 곳으로 시선을 돌리려고 해 봤지만, 소용없었다. 염소는 방울토마토가 보이지 않는 건지 옷만 먹으려 들었다.

"그냥 자게 내버려 둘걸. 괜히 깨웠어."

이렇게 해야 할지 몰라 다현에게 이 상황을 이야기하자, 바로 메시지가 왔다. 나는 샤히나에게 다현이 보낸 동영상을 보여 줬다. 곧이어 샤히나가 몸을 돌려 염소의 등을 찬찬히 쓸며 자장가를 부르기 시작했다. 염소를 만질 수 있는 샤히나만이 할 수 있는 일이었다. 잠시 뒤, 염소의 턱이 느리게 움직이더니 드르렁 소리가 들렸다. 우리는 안도의 숨을 내쉬었다.

"옷을 없앨 방법을 다시 생각해 보자. 분명 하암… 방법이 있을, 하아…."

작은 변화

"서하늬! 아침이야!"

엄마가 방으로 들어와 나를 깨웠다.

"엄마…? 왜 아직 집에 있어?"

"고객이 미팅 시간을 갑자기 오후로 바꿨어. 학교까지 태워 줄 테니까 빨리 준비하고 나와."

엄마가 차로 바래다주는 건 1년에 몇 번 있을까 말까 한 호사였다. 서둘러 준비를 마치고 빵 한 조각을 입에 물고 차에 냉큼 올라탔다. 엄마가 시동을 걸고 핸들을 돌리려는 순간, 나는 화들짝 놀라 소리를 질렀다.

"맞다! 샤히나!"

내가 차를 타면, 샤히나는 어떻게 되는 거지?! 막 달려야 하나? 놀라서 뒤를 돌아보니, 샤히나가 염소를 안고 뒷좌석에 타고 있었다.

"왜? 준비물 집에 놓고 왔어?"

"아, 아니야. 출발해, 엄마."

출근 시간이라 도로가 꽉 막혔다. 엄마는 내가 또 지각할까 봐 걱정했지만 나는 괜찮다며 엄마를 위로했다. 어차피 '프로지각러'로 찍혔기 때문에 오늘 또 지각한다고 해서 크게 달라질 건 없다고. 그러자 차 안 분위기가 순식간에 싸해졌다.

"서하늬, 엄마가 다르게 살라고 했지, 엉망으로 살라고는 안 했다? 너 요즘…."

"엄마! 신호 바뀌었어."

잔소리가 시작되려고 해서 나는 바로 화제를 돌렸다. 그러나 엄마는 차를 몰면서도 잔소리를 잊지 않았다. 엄마의 말을 한 귀로 듣고 한 귀로 흘리며 눈을 이리저리 굴리다가 뒷자리 아래에 놓인 검은 봉지를 발견했다. 열어 보니 아빠 옷이 들어 있었다. 언니들 옷도 몇 개 있었고, 내 거랑 엄마 것도 있었다.

"이거 헌 옷 수거함에 버리려고 가져온 거야?"

"아 맞다. 아침에 가는 길에 넣고 가려고 했는데, 깜빡했네."

엄마가 버리려는 옷에는 새 옷도 있었다. 태그가 그대로 붙어 있는, 한 번도 입지 않은 옷. 유행이 지나서 버리려는 것이다. 집은 좁고 옷은 많으니 주기적으로 처리해야만 새 옷을 살 수 있었다. 봉지 안을 샅샅이 살펴 보니 내 옷의 지분이 가장 많았다.

"엄마, 헌 옷 수거함에 옷 넣으면 어디로 가는지 알아?"

"재활용되거나 어려운 이웃들에게 가겠지 뭐."

"염소가 먹어."

이야기하는 사이 학교 앞에 도착했다. 차에서 내리려는데, 엄마가 낮은 목소리로 물었다.

"그러니까 버리지 말고 집에 두라고? 집에 옷이 얼마나 많은지 알아? 네 언니들이야 일 때문에 그렇다 쳐도, 너는 옷장이 미어터지잖아."

"나도 알아. 이제 옷 안 살 거야."

엄마가 눈이 순식간에 동그래졌다가 이내 바늘처럼 가늘어졌다.

"결심한 건 기특한데, 사흘도 못 가겠지. 연예인들처럼 드레스룸 갖고 싶다고 맨날 노래를 부르는 애가 옷을 안 산다고?"

엄마는 나를 믿지 않았다. 이번엔 진짜라고 배에 힘을 주고 말해 봤지만, 엄마는 '그래그래' 하면서 건성으로 넘기려 들었다.

"진짜거든? 나 완전 변할 거거든!"

"알았어, 얼른 내려."

엄마는 이러다 지각하겠다며 내 등을 떠밀었지만, 나는 내리지 않았다. 뒷자리에 앉아 있는 염소를 보며 다짐했다. 세상의 모든 문제를 해결할 순 없겠지만, 저 염소만큼은 내 옷을 그만 먹게 하고 싶었다.

나는 엄마를 향해 새끼손가락을 불쑥 내밀었다.

"대신 엄마도 약속해. 더는 헌 옷 수거함에 옷 막 버리지 않겠다고."

"옷이 너무 많은데 그럼 어떡하니. 쓰레기봉투 사서 버려?"

"아니! 내가 어떻게든 방법을 찾아낼 테니까, 무턱대고 버리지 마. 알았지?"

뒤에서 다른 차가 빵빵거렸다. 엄마는 눈을 흘긴 후 나와 새끼손가락을 걸고 말했다.

"우리 막내가 지키면 엄마도 지킬 거야."

엄마와 약속을 한 후 차에서 내렸다. 교문으로 뛰어가는데, 뒤쪽에서 사부작사부작 옷을 만지는 소리가 들렸다. 고개를 돌려 보니, 샤히나가 손가락으로 제 몸의 아래쪽을 가리키고 있었다.

"어어? 샤히나, 너 발 부분이 희미해졌어!"

우리는 서로를 바라봤다. 염소는 여전히 졸고 있었고, 그사이 특별히 먹은 옷도 없다. 조금 전 차에서 엄마와 옷을 버리지 않기로 약속한 것밖에 없었다. 생각이 화살표를 그리며 빠르게 달려갔다.

찾았다. 샤히나를 자유롭게 해 줄 방법!

아이디어

"바자회?"

팔짱을 낀 채 내 이야기를 들은 다현이 한참 후에 입을 뗐다. 학교에 들어오자마자 나는 다현을 붙잡고 이야기했다. 안 입는 옷을 사고파는 바자회를 열자고.

"나도 샤히나를 자유롭게 해 주고 싶어. 근데 바자회는…. 우리끼리 갑자기 바자회를 연다고 해도 어디서? 그리고 몇 명이나 오겠어?"

"학교에서 해야 애들이 많이 올 텐데."

"곧 체육대횐데, 선생님이 바자회 여는 걸 허락하겠어? 안 그래도 1학기 때 행사가 몰려서 애들이 들떠서 공부 안 한다고 선생님들이 수업 들어올 때마다 한마디씩 하는데."

"체육대회? 어! 그거네! 해마다 콘셉트는 비슷한데, 그날 입으려고 산 옷 한 번 입고 버리거나 처박아 두잖아. 그걸 모아서 조금씩 리폼해 보면?"

"음, 나도 작년에 체육대회 때문에 산 거 집에 그대로 있는데."

고민 끝에 까짓것 해 보자며 다현도 의기투합했다. 다현은 발표 준비 때문에 늦을 거라고 엄마에게 말한 후 나와 함께 PPT를 만들었다.

* * *

다음 날, 우리는 학년 부장인 담임에게 쪼르르 달려갔다. 담임은 우리가 밤새 만든 PPT를 꼼꼼히 확인한 후 되물었다.

"체육대회 끝나면 버려지는 옷을 줄이기 위해 바자회를 열겠다고? 전교생이 다 참여해서?"

우리는 열정적으로 고개를 끄덕였지만, 담임은 가타부타 말이 없었다. 그저 옆에 있던 다른 선생님들과 말없이 눈빛을 교환했다. 다른 선생님들 역시 쉽게 입을 떼지 않았다. 생각한 것과 너무 다른 분위기에 식은땀이 흘렀다.

옆자리 수학 선생님이 입을 열었다.

"바자회 준비까지 시간이 너무 촉박하지 않아요? 한

달도 채 안 남았는데."

너무 늦은 걸까. 뒤에 서 있는 샤히나를 볼 낯이 없었다. 여름이 오기 전에 자유롭게 해 주겠다고 큰소리 뻥뻥 쳤는데….

지나가던 국어 선생님이 미니 약과를 오물거리면서 PPT를 쓱 보더니 말했다.

"근데 얘들 너무 기특하지 않아요? 어쩜 이런 생각을 다 했을까."

사회 선생님도 취지가 좋은 행사라면서 국어 선생님 말에 힘을 보탰다.

"내일 오전 교무회의 때 안건으로 올리는 거 어때요?"

잠시 후 담임이 우리를 보며 심각한 얼굴로 물었다.

"근데, 갑자기 무슨 바람이 분 기고?"

"샤히나 때문에요."

남임에게 휴대폰으로 찾은 기사를 보여 줬다. '세계의 재봉틀'이라고 불리는 방글라데시에서 의류 공장 붕괴 사고가 일어나 수많은 사람이 죽은 것을 심층 취재한 기사였다. 기적적으로 구출된 '레쉬마'라는 소녀는 함께 일하던 소녀 '샤히나'의 죽음을 애도하며 인터뷰 내내 눈물을 흘렸다고 적혀 있었다. 사람들은 싸고 다양한 디자인의 옷을 원하고, 기업은 단가를 줄이기 위해 옷을 필요 이상으로 만들고, 결국 팔리지 못한 옷은 주인을 만나지도 못하고 소각되거나 땅에 묻힌다는 현실을 꼬집으며 기사는 마무리됐다.

담임은 코가 시큰한지 휴지를 찾았다.

"지금부터 눈코 뜰 새 없이 바빠질 텐데, 니들 잘 할 수 있겠나?"

참새가 날개를 파닥이는 것처럼 나와 다현은 열정적으로 고개를 끄덕였다. 국어 선생님은 "파이팅!" 외치며 우리에게 미니 약과를 하나씩 줬다. 미니 약과는 작지만 달았다. 조그만 게 열량이 높아 힘도 나고.

변화

바자회 준비는 일사천리로 진행됐다. 교장 선생님이 지역 신문에 홍보 기사를 냈고, 각 학년 부장 선생님들이 가정 통신문을 배포했다. 바자회 날짜는 체육대회 일주일 전으로 잡혔다. 학생들이 작년 체육대회 때 구매한 옷을 각 반의 반장에게 제출하면, 그 옷을 음악실 비품함에 모았다. 모은 옷들은 쓸 만한 옷과 버릴 옷, 수선할 옷으로 나눈 뒤 세탁에 들어갔다. 세탁은 클리닝 체인점을 운영하는 다현의 아빠에게 부탁했다. 학교 운영 기금에서 세탁비를 드리겠다고 했지만, 다현의 아빠는 이런 좋은 일에 돈을 받을 수 없다며 극구 사양하셨다. 다현의 엄마는 다현이 공부가 아닌 다른 일에 열심인 걸 못마땅해하는 눈치였다. 하지만 담임이 바자회 때문에 옷을 맡기러 세탁소에 찾아가서 다현이 요즘 수업 시간에 열심히 공부한다고 칭찬하자, 다현의 엄마는 다행이라며 과외 일정을 조정해 줬다.

나는 내 방에 세탁이 끝난 옷더미를 쌓아 두고 다현과 함께 전투적으로 팔을 걷어붙였다. 우리는 바자회에 선보일 옷 소매 안쪽에 녹색과 붉은색이 반반 섞인 티셔츠 모양의 태그를 바느질했다.

"이 태그가 방글라데시 국기를 이용해서 만든 거라는 걸 애들이 알아줄까?"

"바자회 홍보 입간판에 태그 의미도 넣어 달라고 해야겠다."

나는 학생회 미화 부장에게 바로 메시지를 보냈다. 다현이 바느질을 멈추고 나를 보며 물었다.

"근데, 이 태그들 왜 소매 안쪽에 붙여? 보통은 옆구리 쪽에 있지 않아?"

"사진 찍을 때 브이나 하트 많이 하잖아? 그때를 노린 거지!"

체육대회 때 다들 사진만 몇 백 장씩 찍을 테니, 우리가 하는 일을 더 널리 알리려는 노림수였다. 다현은 역시 사진을 많이 찍어 본 전문가답다며 엄지를 들었다.

하지만 이 행복한 기분은 얼마 가지 못했다. 이내 어깨가 쑤시고, 등이 아프고, 눈이 뻑뻑해졌다.

"아— 샤히나는 어떻게 이런 걸 하루 종일 했대? 한 시간만 해도 온몸이 쑤시는데."

샤히나는 내 말에 멋쩍은 표정을 짓다가 허리를 굽히고 양손을 몸쪽에서 바깥쪽으로 움직였다.

"응? 아아! 재봉틀로 했다고? 맞아, 그걸로 하면 좀 더 빠르긴 할 텐데 작은언니가 자기 물건에 손대면 아주 생난리를… 아우 깜짝이야."

본격적으로 험담하려는데, 호랑이처럼 작은언니와 큰언니가 방문을 열고 들어왔다.

"왜 이렇게 조용한가 했더니, 이게 다 뭐야?"

나는 작은언니에게 당당히 가정 통신문을 내밀며 우리가 어떤 일을 하는지 알려 줬다.

"너 설마 그때 등 뒤에 옷이 보인다 어쩐다고 했던 거, 그거랑 관련 있는 거야?"

작은언니는 역시 눈치가 빨랐다. 다현이 언니에게 다 말하라며 내 옆구리를 쿡 찔렀다. 한 사람이라도 더 알면 샤히나에게 좋은 일이겠지만, 언니들에게는 샤히나에 대해 말하고 싶지 않았다. 높새파람 쇼핑몰 옷 말고 다른 옷을 사 입어서 그렇다는 둥 놀릴 것만 같았다. 싫다고 눈을 찡그리는데, 다현이 나섰다.

"언니, 우리 이것 때문에 시작한 거예요."

다현이 보여 준 의류 공장 사고 영상을 본 뒤에도 언니들은 가타부타 말이 없었다. 이해나 도움을 바란 건 아니었다. 언니들은 옷을 만들고 파는 사람들이니까.

한참 뒤, 큰언니가 심각한 얼굴로 물었다.

"하늬 너, 우리가 하는 일 때문에 일부러 이러는 거야?"

언니들은 높새파람 쇼핑몰이 정체기에 접어들자 동남아 공장에 직접 발주해 옷을 대량으로 만들어서 들여오는 방식으로 단가를 낮춰서 사업을 더 키울 생각이었다. 온라인은 가격 전쟁이었다. 그래서 소규모로 우리나라 공장에서 옷을 만들어 파는 쇼핑몰들은 몸집을 키우면 동남아로 눈을 돌렸다. 많은 옷을 더 싼 가격에 만드는 게 가능하니까.

"언니들한테 뭐라고 할 생각 없어. 천 원이라도 싸야 사람들이 클릭하잖아. 근데 난 옷이 지금보다 조금 더 비쌌으면 좋겠어."

"그럼 옷을 누가 사?"

"처음엔 안 사겠지. 근데 사람들도 내가 사는 옷이 어떻게 만들어지는지 알면 달라지지 않을까? 그리고 내가 대가를 더 지불한 만큼 공장에서 사람들이 안전하게 일하면 좋잖아."

더는 샤히나 같은 소녀들이 없었으면 하는 게 내 진짜 바람이었다.

"바자회면 공짜는 아닐 텐데, 수익금은 어쩌기로 했어?"

큰언니가 사업가다운 질문을 던졌다.

"기부하기로 했어. 교감 선생님이 기부할 곳을 알아봐 주셨고."

바자회로 모은 돈은 위험에 처한 어린이들을 돕는 유니세프 같은 NGO 단체에 기부하기로 했다. 지금도 세계 곳곳에서 샤히나와 같은 소녀들이 힘들게 일하고 있으니까. 열악한 의류 공장에서 일어나는 사건 사고는 여전히 계속되고 있었다.

"나 이제 일해야 하거든? 문 닫고 나가 줘. 이거 다 만들려면 우리 오늘 밤새야 해."

가볍게 스트레칭하고 다시 바느질하려는데, 작은언니가 내 손에서 옷을 빼앗았다.

"그렇게 해서 어느 세월에 하려고? 줘 봐. 재봉틀로 하면 훨씬 빨라."

그걸 누가 모르냐며 투덜거리는데, 다현이 벌떡 일어나 옷과 태그와 리폼 재료가 담긴 봉지를 들고 방을 나가는 언니들을 쫓아가며 도와달라고 강아지처럼 애교를 부렸다.

"오구, 그래그래, 언니가 도와줄게. 역시 싹싹하고 귀여운 건 우리 다현이뿐이네."

큰언니가 다현의 머리를 쓰다듬었다. 나는 나중에 이걸로 괜히 생색내지 말라며 옷을 가져가려고 했지만, 작은언니가 빠르게 재봉틀을 돌리며 말했다.

"야, 너 높새파람 피팅 모델 은퇴 기념으로 해 주는 거야. 네가 옷 말고 다른 것에도 좀 관심을 가져야 한다는데 엄마 아빠도 동의했어."

"갑자기? 그걸 나 빼고 결정한다고?"

"뭐냐, 그 표정은? 10만 팔로워 채우고 나니까 SNS 업로드고 뭐고 완전 시들해졌으면서."

역시 눈치가 백단이었다. 언니들은 저번에 만든 신상 원피스가 꾸준히 잘 팔리기 시작해서 근처에 오피스텔을 얻어 사무실을 만들고 상품들도 모두 옮기기로 했다고 말했다.

"그래서 말인데, 쇼핑몰에서 네 SNS 연동도 해제시킬 거야."

"아! 맞다!"

샤히나를 만난 이후부터 SNS를 완전히 잊고 있었다. 오랜만에 들어가 보니, 그간 새로운 피드는커녕 댓글조차 달지 않아서 팔로워 수가 조금 빠져 있었다. 그런데 괜찮았다. SNS보다 다현과 이렇게 시간을 보내는 게 훨씬 더 즐거우니까.

"근데 이 리폼 아이디어 좋은 것 같지 않아? 여기서 유니크함을 강조하면 먹힐 것 같은데."

큰언니가 눈을 번뜩이며 바자회 옷을 꼼꼼하게 살폈다. 다현이 바느질이 끝난 옷을 다림질한 후 커다란 가방에 차곡차곡 챙겨 넣으며 물었다.

"참, 하늬야, 염소는 아직도 자? 아니면 또 옷 씹고 있어?"

그러고 보니 어느 순간부터 소리가 들리지 않았다. 찹찹찹 소리도, 드르렁 소리도. 염소는 어느새 사라지고 없었다. 자세히 보니 샤히나의 몸도 그새 더 투명해진 것 같았다. 옷도 많이 사라져 있었다. 내가 말없이 뒤를 응시하자, 다현이 왜 그러냐고 물었다.

"이제 진짜 얼마 안 남은 것 같아."

서쪽에서 부는 바람

새 아침이 밝았다.

각 반의 반장들이 대강당에서 열리는 바자회 준비를 도왔고, 학생회는 홍보 입간판을 설치하느라 바빴다. 우리는 선생님의 배려로 수업도 빼고 행사에 매달렸다. 중식도 제일 먼저 받아서 먹었다. 하지만 긴장돼서 밥이 잘 넘어가지 않았다.

"애들이 안 사면 어떡하지? 리폼한 게 맘에 안 들 수도 있고…."

"이따 정신없이 바쁠 거야. 한 숟가락이라도 더 먹어."

다현이 디저트로 나온 요거트를 내 앞으로 불쑥 내밀었다.

"다현아, 넌 안 떨려? 바자회 망할까 봐 걱정 안 돼?"

"걱정됐는데, 이젠 아니야. 역시 10만 팔로워는 아무나

하는 게 아니구나 싶었거든."

다현은 내가 믹스매치해서 만든 옷을 보며 바자회가 잘될 거라는 확신이 들었다고 했다. 나는 고개를 돌려 등 뒤를 봤다. 바자회를 준비하는 동안 많은 옷이 사라져서, 이제 내 뒤를 따라다니는 옷은 몇 벌 되지 않았다.

대강당에 들어서니 점심을 먼저 먹은 선생님들과 학생회 임원들이 각 부스에서 옷을 행거에 걸어 전시하고 있었다. 계산대에 선 총무부장은 거스름돈이 충분한지 마지막으로 확인하고 있었다. 다들 핸드폰이나 카드로 결제하는데, 현금으로 구매하려고 들까? 구경꾼만 넘치고 막상 옷이 안 팔리면 어쩌지? 초조한 기분이 가시질 않았다.

잠시 후 아이들이 지갑과 핸드폰을 들고 쭈뼛쭈뼛 대강당으로 들어왔다. 아이들은 다양한 콘셉트로 리폼된 옷을 보고 키득거렸다. '외계에서 온 농장주' '얼음 불꽃 대격돌 전사'가 제일 인기가 많았고, 회심의 역작으로 만든 '치킨 할머니 튀김 할아버지' 콘셉트는 예상외로 인기가 없었다.

여기저기서 셔터 소리가 들렸다. 졸업 앨범에 실을 사진을 찍는 아이들과 취재를 나온 교지 편집부원들, 각자 SNS에 올리려고 바자회를 배경으로 셀카를 찍는 아이들로 대강당은 발 디딜 틈이 없었다. 나도 틈틈이 행사 중간 과정을 찍어서 SNS에 업로드하며 우리가 하는 일을 홍보했다. 정신이 없는 탓에 해시태그는 엉망에다 글은 오타 투성이었지만 그래도 내 생각이 들어가 있었다. 며칠 전부터 왜 이런 피드가 올라오냐며 짜증 내는 댓글이 있었지만, 신경 쓰지 않았다. 모두가 좋아할 수는 없었다. 모두에게 사랑받을 수도 없었고. 나는 꿋꿋이 내가 하고 싶은 걸 하며, 내 목소리를 내는 데만 집중했다.

교장 선생님이 북적이는 대강당을 보며 담임을 붙잡고 이야기하는 게 들렸다. 바자회를 일회성 행사로 끝내지 말고 2학기 때 학교 이름을 걸고 '청솔 바자회'로 크게 열면 어떻겠냐고. 두 선생님 옆에 교지 편집부 3학년 선배가 있는 걸 보니, 앞으로 이와 관련된 행사를 더 열 계획이 있느냐고 교장 선생님에게 물어본 것 같았다. 담임은 지역 주민들도 함께 참여할 수 있도록 행사를 더 키우면 좋겠다며 의견을 보탰다.

* * *

"저 치킨 할머니와 튀김 할아버지 옷은… 우리가 입어야겠지?"

바자회가 끝나고, 나는 마지막까지 팔리지 않은 옷을 보며 한숨을 쉬었다.

"그래도 SNS 반응은 꽤 괜찮은 것 같은데?"

다현이 자신의 계정을 보여 줬다. 텅 비어 있던 다현의 SNS에 그간 게시물이 매일 두세 개씩 올라와 있었다. '#1134'라는 해시태그까지 달아 이번 행사의 취지와 진행 과정을 시리즈로 업로드하고 있었다. 싱어송라이터가 꿈인 다현은 가사만 잘 쓰는 게 아니라 글도 잘 썼다. 역시 내 친구라며 나는 다현의 등짝을 시원하게 쳐 줬다.

"근데, 이거 나야? 아 뭐야— 보정 좀 하고 올리지!"

"나중에 나중에. 아오, 힘들어. 지금은 암것도 못 하겠어."

"나도. 진짜 하얗게 불태웠다."

우리는 서로를 보며 웃음이 터졌다. 꼴이 말이 아니었다. 다크서클이 턱까지 내려와서 5년은 늙어 보인다며 서로를 놀리며 웃는데, 내 등을 콕콕 두드리는 손길이 느껴졌다.

"하늬."

깜짝 놀라 뒤를 돌아보니, 샤히나였다. 처음 듣는 샤히나의 목소리에 몸이 굳었다. 어느새 나를 따라다니던 옷들이 모두 사라지고, 반쯤 투명해진 샤히나만 홀로 서 있었다. 다현이 내 팔을 꽉 쥐었다. 다현은 샤히나가 서 있는 곳을 정확하게 바라보고 있었다.

그간 우리가 함께한 모든 날이 파노라마처럼 펼쳐졌다. 맨 처음 옷이 등 뒤에 따라붙었을 때 화들짝 놀라 집까지 우다다다 뛰었던 날, 찹찹찹 소리를 ASMR 삼아 잠들었던 밤, 놀이공원에서 샤히나를 보고 눈도 못 마주쳤던 일, 그리고 옷을 사라지게 할 방법을 찾아서 기뻤던 순간…. 샤히나를 자유롭게 만들어 주기 위해 그간 열심히 노력했는데, 막상 이 순간이 오자 가슴이 꽉 막혀 목소리가 나오질 않았다.

샤히나가 나에게로 천천히 걸어왔다.

"돈노밧(고마워)."

"…돈노밧."

며칠 전부터 부지런히 연습했는데도 발음이 엉망이었다. 하지만 샤히나는 내 엉망진창 방글라데시어를 듣고 환하게 웃어 줬다. 그러고는 우리를 향해 크게 손을 흔들었다.

저 멀리, 서쪽에서부터 시원한 하늬바람이 불어왔다.

인플루언서 소녀에게 으스스한 은총을

초판 1쇄 펴냄 2024년 9월 27일

지은이 김영리

펴낸이 고영은 박미숙
펴낸곳 뜨인돌출판(주) | 출판등록 1994.10.11.(제406-251002011000185호)
주소 10881 경기도 파주시 회동길 337-9
홈페이지 www.ddstone.com | 블로그 blog.naver.com/ddstone1994
페이스북 www.facebook.com/ddstone1994 | 인스타그램 @ddstone_books
대표전화 02-337-5252 | 팩스 031-947-5868

편집이사 인영아 | 책임편집 이주미
디자인 이기희 이민정 | 마케팅 오상욱 김정빈 | 경영지원 김은주

© 2024 김영리

ISBN 978-89-5807-030-6 03810